NO

Nora Roberts compte parmi les romancières les plus populaires et prolifiques des éditions Harlequin. Citée par le *New York Times* comme l'un des auteurs les plus vendus, elle a reçu de nombreuses récompenses pour sa créativité, l'ingéniosité de ses intrigues et sa contribution au genre romanesque. Distinguée par le *Romance Writers of America*, Waldenbooks et le magazine *Romantic Times*, elle a été lauréate du grand prix couronnant l'œuvre d'une vie. Les associations de libraires, de lecteurs et d'auteurs de séries romanesques se sont plusieurs fois retrouvées pour lui décerner diverses distinctions de prestige.

Nora Roberts excelle dans l'art de raconter une histoire. Son humour pimente des intrigues inventives, et se répercute dans les caractères bien trempés de ses personnages. Comme eux, elle ne recule jamais quand il s'agit de prendre des risques ! Ces qualités lui ont valu la fidélité de milliers de lecteurs dans le monde entier.

Cordina, royaume des passions

NORA ROBERTS

Cordina,
royaume des passions

editionsHarlequin

Cet ouvrage a été publié en langue anglaise
sous le titre :
CORDINA'S CROWN JEWEL

Traduction française de
LEFEBVRE

HARLEQUIN®

est une marque déposée du Groupe Harlequin

Originally published by SILHOUETTE BOOKS,
division of Harlequin Enterprises Ltd.
Toronto, Canada

© ROYALTY-FREE/CORBIS

© 2002, Nora Roberts. © 2004, Traduction française : Harlequin S.A.
83-85, boulevard Vincent-Auriol, 75013 PARIS — Tél. : 01 42 16 63 63
Service Lectrices — Tél. : 01 45 82 47 47
ISBN 2-280-15409-9

Prologue

On l'appelait « Altesse », elle était princesse. A la fois par la naissance, et par l'éducation qu'elle avait reçue. Son maintien était sans défaut, son élocution parfaite et ses manières irréprochables. L'image qu'elle offrait était celle de la beauté, de la confiance en soi et de la grâce.

De telles qualités, elle le savait, étaient indispensables chez un membre de la famille royale de Cordina — et plus encore quand il s'agissait de paraître en public. Or le gala de charité à Washington D.C. était bel et bien l'une de ces occasions. Aussi s'appliquait-elle à se conduire comme l'exigeait la situation, accueillant d'un sourire ou d'un mot les invités qui avaient déboursé une coquette somme pour avoir le privilège de côtoyer la famille royale.

Du coin de l'œil, elle observa sa mère, Son Altesse sérénissime Gabriella de Cordina. Comme à l'accoutumée, celle-ci précédait le cortège avec grâce et sans effort. Du moins était-ce l'impression qu'elle donnait, car elle avait travaillé aussi dur que sa fille pour préparer ce gala.

Elle vit aussi son père — extraordinairement beau et serein — et son frère aîné — son escorte pour la soirée — se mêler à la foule. Une foule qui comprenait des politiciens, des célébrités et les plus grandes fortunes du royaume.

Au moment convenu, avec la distinction naturelle que devait montrer en toutes circonstances Son Altesse royale Camilla de

Cordina, elle prit place sur son siège, s'apprêtant à assister aux divertissements de la première partie de la soirée. Ses cheveux, relevés en une torsade sophistiquée, découvraient un cou gracile, serti d'émeraudes scintillantes. Sa robe noire, très élégante, avait été coupée pour mettre en valeur une silhouette svelte et élancée, voire un peu trop mince, comme sa couturière et elle-même ne l'ignoraient pas.

Depuis quelque temps, en effet, son appétit n'était plus ce qu'il avait été.

Et en ce moment même, son expression était soigneusement composée, sa posture parfaite, mais son esprit était ailleurs.

Un terrible mal de tête faisait rage sous son crâne en feu.

Elle était une princesse qui tient son rang, mais aussi une femme à bout.

Ce qui ne devait pas l'empêcher d'applaudir, de sourire, de rire.

Il était près de minuit — cela faisait dix-huit heures qu'elle présidait le gala — quand sa mère lui glissa discrètement un mot à l'oreille.

— Chérie, tu n'as pas l'air bien...

Il fallait l'œil aiguisé d'une mère pour s'en apercevoir, et l'œil de Gabriella l'était indéniablement.

— Je suis un peu fatiguée, c'est tout.

— Rentre à l'hôtel... Ne discute pas, murmura-t-elle. Tu as beaucoup travaillé, beaucoup trop. J'aurais dû insister pour que tu ailles te reposer quelques semaines dans ta maison, à la campagne.

— Il y avait tant à faire...

— Et tu en as assez fait comme ça. J'ai demandé à Marian de prévenir le service de sécurité et de faire venir ta voiture. Ton père et moi partirons d'ici une heure.

Gabriella jeta un coup d'œil à son fils, plongé dans une conversation animée avec un chanteur populaire américain.

— Veux-tu que Kristian te raccompagne ?

8

— Non, non, rétorqua-t-elle. Il a l'air de s'amuser. Sans compter qu'il est plus prudent de nous esquiver chacun de notre côté.

Et surtout plus discret. Du moins l'espérait-elle.

— C'est la rançon de la gloire. Les Américains t'adorent, peut-être un peu trop...

Avec un sourire, Gabriella déposa un baiser sur la joue de sa fille.

— Allez, va te reposer. Nous reprendrons demain matin.

Mais le retour à l'hôtel de Camilla ne devait guère s'opérer dans le calme auquel celle-ci aspirait. Malgré la voiture officielle placée ostensiblement devant la sortie principale pour détourner l'attention, tandis qu'elle sortait discrètement par une porte de service, la presse avait humé sa trace. A peine avait-elle plongé dans la nuit qu'elle fut assaillie par les flashes des photographes. Des cris jaillirent de toutes parts, lui martelant le crâne. Elle sentit un mouvement de foule l'emporter, des mains la tirer, et fut prise de panique en sentant ses jambes vaciller sous elle.

Aveuglée, tétanisée, elle lutta pour recouvrer son sang-froid tandis que ses gardes du corps l'entraînaient vers la limousine garée non loin.

Il faisait si chaud, si étouffant ! C'était sûrement pour cela qu'elle se sentait mal...

Lorsque la portière se referma sur elle, et que les cris s'apparentèrent aux rugissements de la mer contre une digue d'acier et de verre, elle fut prise de frissons, ses dents s'entrechoquant presque, dans la fraîcheur saisissante de la limousine. Elle ferma les yeux.

— Votre Altesse, vous sentez-vous bien ?

Elle entendit vaguement la question inquiète de l'un de ses gardes du corps.

— Oui, merci. Ça va.

Mais ce n'était qu'un mensonge de plus, et elle était fatiguée de mentir...

1.

Quoi qu'on puisse en penser, elle avait pris sa décision sur un simple coup de tête. Or, Son Altesse royale Camilla de Cordina n'était pas une femme impulsive.

Certes, mais c'était bel et bien une femme désespérée.

Le désespoir s'était accumulé en elle depuis des mois. Et en cette nuit étouffante de juin qui semblait ne devoir jamais finir, ce sentiment avait atteint son paroxysme, en dépit de tous ses efforts pour l'ignorer.

L'essaim de paparazzi qui s'étaient agglutinés autour d'elle lorsqu'elle avait tenté de s'échapper du gala de charité avait été la goutte d'eau qui avait fait déborder le vase.

Même quand le service de sécurité était intervenu pour les repousser, son esprit n'avait cessé de hurler : *Laissez-moi respirer ! Par pitié, laissez-moi seule !*

Deux heures plus tard, la colère, l'énervement et la frustration la submergeaient toujours tandis qu'elle arpentait sa somptueuse suite, surplombant Washington D.C.

A moins de trois heures de vol, au sud, se trouvait la ferme où elle avait passé une partie de sa jeunesse. Plusieurs milliers de kilomètres à l'est, de l'autre côté de l'océan, il y avait le petit pays où elle en avait passé l'autre partie. Sa vie se partageait entre ces deux mondes. Malgré toute l'affection qu'elle avait pour l'un et l'autre, elle se demandait si elle saurait un jour où était sa place.

Il était temps — plus que temps — de le savoir.

Mais d'abord, il fallait qu'elle se trouve elle-même. Et comment le pouvait-elle, alors qu'on ne cessait de la harceler ? Pire, songea-t-elle : on ne cessait de la traquer. Peut-être la situation aurait-elle été différente si elle n'avait pas été la plus âgée des trois jeunes femmes représentant la nouvelle génération de princesses de Cordina — et la plus accessible d'entre elles, en raison de ses origines américaines.

Mais la situation étant ce qu'elle était, il lui semblait que son existence entière n'était que diplomatie, protocole, relations publiques. Sollicitations, requêtes et obligations. Elle avait rempli ses fonctions de co-présidente du gala de soutien en faveur des enfants handicapés — fonctions qu'elle partageait avec sa mère.

Elle croyait en ce qu'elle faisait, elle savait que ce travail était utile, voire crucial. Mais le prix à payer devait-il être aussi exorbitant ?

L'organisation de cette soirée avait exigé des mois de labeur, et le plaisir de voir tous ses efforts porter leurs fruits avait été gâché par une profonde lassitude.

Comme ils la harcelaient ! songea-t-elle. Toutes ces caméras, tous ces visages. Même sa famille semblait s'y mettre, ces jours-ci.

Tenter d'expliquer ce qu'elle ressentait à son assistante personnelle lui paraissait indécent, et donc impossible. Mais son assistante était aussi sa plus vieille et sa plus chère amie.

— Je ne supporte plus de voir mon visage étalé dans les magazines, et de lire à l'intérieur des bêtises sur mes prétendues liaisons amoureuses... Marian, je suis tout simplement fatiguée que les gens sachent mieux que moi qui je suis.

— La royauté, la beauté et le sexe font vendre les journaux. Mélange ces trois ingrédients et tu les vends comme des petits pains.

Marian Breen était une femme pragmatique. Comme elle connaissait Camilla depuis l'enfance, son ton trahissait plus l'amusement que le respect.

— Je sais que la soirée a été éprouvante, et je comprends ta réaction, ajouta-t-elle. Ils étaient comme une horde de loups affamés... A leur décharge, tu es une princesse de Cordina — un royaume qui fait rêver les Américains. C'est un véritable conte de fées, pour eux. En plus, tu ressembles à ta mère : autrement dit, tu es d'une beauté stupéfiante. Et tu attires les hommes. La presse à sensation se nourrit de ça.

— Mon rang est une affaire de naissance, comme mon apparence extérieure. Quant aux hommes…

Camilla balaya cette part de l'humanité d'un geste impérieux.

— Ce n'est pas moi qui les attire, mais l'emballage. Comme la presse.

— Oui, c'est un cercle vicieux.

Camilla ne manifestant aucun désir de se coucher, Marian se mit à picorer les grappes de raisin disposées dans l'impressionnante coupe à fruits envoyée par la direction de l'hôtel.

— Je sais que ce n'est pas drôle d'avoir des gardes du corps et des paparazzi sur tes talons dès que tu mets un pied dehors, poursuivit-elle, mais que comptes-tu faire ? T'enfuir ?

— Oui.

Lâchant un petit rire, Marian saisit une grappe. Mais celle-ci lui glissa des doigts lorsqu'elle vit un éclair fauve passer dans les yeux de son amie.

— Tu as abusé du champagne, ce soir.

— J'ai bu une coupe, répliqua Camilla d'une voix neutre. Pas jusqu'au bout.

— Eh bien, il devait s'agir d'une cuvée spéciale. Ecoute, je vais regagner ma chambre comme une bonne petite fille pour te laisser dormir. Rien de tel qu'une bonne nuit de repos pour chasser des idées noires.

— J'y pense depuis des semaines.

« Du moins, j'en rêve depuis des semaines, rectifia-t-elle en son for intérieur. Et ce soir, le rêve va devenir réalité. »

12

— J'ai besoin de ton aide, Marian.

— Non, c'est impossible ! C'est complètement fou...

Bien qu'Américaine, Marian s'était exprimée en français. Ses parents s'étaient installés à Cordina quand elle avait dix ans, et très rapidement, Camilla et elle étaient devenues amies. Sous le choc, cette petite femme, avec ses cheveux couleur de miel soigneusement relevés sur sa tête, avait basculé dans la langue de son pays d'adoption. Ses yeux d'un bleu doux et chaud s'étaient écarquillés.

— Ce n'est ni impossible ni fou, rétorqua Camilla d'un ton dégagé. C'est à la fois possible et sensé. J'ai besoin d'un peu de temps. Quelques semaines. Et je vais les prendre. En tant que Camilla MacGee, et non Camilla de Cordina. Je vis avec ce titre presque continuellement depuis que grand-père...

Sa voix se brisa. Quatre ans s'étaient écoulés depuis la mort de ce dernier, mais la douleur restait toujours aussi vive.

— Il était notre roc, continua-t-elle en recouvrant son sang-froid. Même s'il avait déjà transmis en partie les rênes du pouvoir à son fils, oncle Alex. Depuis sa disparition, l'ensemble de la famille a dû s'investir beaucoup plus. Et je n'aurais pas voulu qu'il en soit autrement. J'étais heureuse de prendre ma part.

— Mais... ?

Résignée, Marian se percha sur le bras du canapé.

— Il faut que je m'éloigne du terrain de chasse. Je me sens comme une bête traquée, expliqua Camilla. Je ne peux pas faire un pas dans la rue sans être mitraillée par des photographes. Je suis en train de me perdre moi-même. Je ne sais plus qui je suis.

— Tu as besoin de repos. De faire un break.

— Oui, mais pas seulement. C'est plus compliqué que ça. Marian, je ne sais pas ce que je veux pour moi... Regarde Adrienne, poursuivit-elle en citant sa plus jeune sœur. Mariée à vingt et un ans. Elle a posé les yeux sur Philippe à l'âge de six ans, et l'affaire était réglée. Elle savait ce qu'elle voulait : l'épouser, élever d'adorables bambins à Cordina. Mes frères, eux, sont comme les deux moitiés

13

de mon père. L'un incarne le fermier, l'autre l'expert en sécurité. Je n'ai pas de but, Marian. Aucun talent.

— Ce n'est pas vrai. Tu étais une élève brillante. Ton esprit fonctionne aussi vite qu'un ordinateur. Tu es une merveilleuse hôtesse, et tu te dépenses sans compter pour défendre de nobles causes.

— De simples obligations, murmura Camilla. C'est vrai, j'y excelle. Et quant au reste ? Je joue du piano, je chante. Je peins, je fais de l'escrime. Un peu de tout. Mais où est le feu de la passion ?

Elle croisa les bras.

— C'est ce que je veux découvrir, du moins vais-je m'accorder quelques semaines sans gardes du corps, sans protocole, sans ces fichus journalistes pour tenter de le découvrir. Si je ne n'échappe pas aux médias, dit-elle calmement, je crains vraiment de m'effondrer.

— Parle à tes parents, Cam. Ils comprendront.

— Maman comprendra. Papa, je n'en suis pas si sûre.

Elle sourit.

— Adrienne est mariée depuis trois ans, et il ne s'est toujours pas remis de la mort de son bébé. Et maman… elle avait mon âge quand elle s'est mariée. Elle aussi savait ce qu'elle voulait. Mais avant ce drame…

Elle secoua la tête tandis qu'elle recommençait à marcher de long en large.

— Il y a eu le kidnapping et les tentatives d'assassinat perpétrées contre ma famille. A présent, de simples passages dans les livres d'histoire... Mais pour nous, ce sont des faits réels, qui nous marquent encore. Je ne peux pas blâmer mes parents de vouloir nous protéger. J'aurais fait la même chose à leur place. Mais je ne suis plus une enfant, et je ressens le besoin… de vivre quelque chose par moi-même.

— De prendre des vacances, autrement dit.

— Non, il s'agit plutôt d'une quête.

Elle s'approcha de Marian et lui prit les mains.

— Tu as loué une voiture, n'est-ce pas ?

— Oui, il fallait que… Oh ! Camilla !

— Donne-moi les clés. Tu appelleras l'agence pour étendre la durée du contrat.

— Tu ne peux quand même pas quitter Washington et rouler au hasard.

— Pourquoi pas ?

— Réfléchis un peu. Tes parents vont être fous d'inquiétude. Et imagine les retombées dans la presse.

— Je ne leur laisserai pas le temps d'être inquiets. Je les appellerai dès demain, à la première heure. Quant aux journalistes, tu leur diras que je suis partie en vacances. Tu feras une vague allusion à l'Europe, ainsi ils ne me chercheront pas aux Etats-Unis.

— Tu as un des visages les plus célèbres du monde entier, Cam. Tout le monde te reconnaîtra.

— Justement…

Bien qu'elle sût que c'était de la folie, Camilla s'avança vers le bureau et ouvrit un tiroir.

— La princesse Camilla est sur le point de changer radicalement de tête, dit-elle en secouant la masse de cheveux d'un roux intense qui lui arrivait à la taille.

L'horreur, qu'elle aurait trouvée presque comique si elle n'en avait ressenti un écho en elle-même, se peignit sur le visage de Marian.

— Tu n'y penses pas ! Camilla, tu ne peux pas faire ça...

— Tu as raison.

Camilla lui tendit la paire de ciseaux.

— Fais-le à ma place.

— Moi ? Oh, non ! Certainement pas ! dit-elle en cachant ses mains dans son dos. Ce que nous devons faire, c'est nous asseoir sagement, boire un bon verre de vin et attendre que cela te passe. Tu iras mieux demain.

C'était précisément ce que Camilla redoutait. Que cela lui passe, et qu'elle continue comme avant : à faire son devoir, à remplir ses obligations, à se laisser happer, de nouveau, par une vie somme toute facile.

Si elle ne faisait pas quelque chose maintenant, le ferait-elle un jour ? N'allait-elle pas, comme la presse ne cessait de le dire, épouser un de ces beaux partis, dignes de son rang… et « continuer comme avant » ?

Serrant les mâchoires, elle redressa le menton. Puis elle attrapa une longue mèche de cheveux et la coupa.

— Oh, mon Dieu !

Ses genoux se dérobant sous elle, Marian s'effondra dans un fauteuil.

— Oh, Camilla !

— Ce ne sont que des cheveux, répliqua-t-elle.

Mais sa main tremblait légèrement. Sa chevelure était malgré tout une part de sa vie, et y donner un coup de ciseaux, c'était un peu comme se couper une main. Elle regarda fixement la longue mèche d'un roux doré qui pendillait entre ses doigts.

— Je vais dans la salle de bains pour finir. J'accepterais volontiers de l'aide.

Marian se résigna finalement à aider son amie. Une fois qu'elles eurent fini, le sol était jonché de longs serpentins, et la vision que Camilla avait d'elle-même, avec ses longs cheveux flottant autour d'elle, nécessitait un réajustement complet.

Une mèche par ci, une mèche par là. Un verre de vin pour se donner du courage. Un autre coup de ciseaux pour égaliser le tout. Elle finit avec une coiffure aussi courte que celle d'un garçon, avec une longue frange de pointes effilées pour contrebalancer le côté masculin.

— C'est terriblement… différent, bredouilla Camilla.

— Je crois que je vais m'effondrer en larmes, murmura Marian.

— Non, tu ne le feras pas.

16

« Et moi non plus », se jura-t-elle.

— Il faut que je me change et que je prépare mes bagages, enchaîna-t-elle aussitôt. Je suis déjà en retard.

Elle rassembla ce qui lui paraissait indispensable et constata, vaguement honteuse, que cela remplissait une valise et un énorme sac fourre-tout, bourrés à craquer. Elle passa un jean, des bottes, un pull et enfila par-dessus un long manteau noir.

Elle songea à mettre des lunettes noires et un chapeau, mais se ravisa. Avec ces accessoires, elle aurait l'impression d'être déguisée.

— Comment me trouves-tu ? demanda-t-elle.

— Ce n'est plus toi.

Marian effectua lentement deux tours autour d'elle.

Ses cheveux courts la changeaient radicalement et la rendaient mystérieuse. Ses yeux mordorés paraissaient plus grands et d'une certaine façon plus vulnérables. La frange dissimulant son front altier lui donnait un air plus juvénile. Sans maquillage, son visage était d'un rose crémeux, peut-être un peu plus pâle qu'il n'aurait dû l'être. Ses pommettes hautes ressortaient et sa longue bouche semblait plus charnue.

Plus que calme, distante et élégante, elle paraissait jeune, naturelle, avec un soupçon d'intrépidité.

— Ce n'est plus toi, répéta Marian. Je te reconnaîtrais, mais il me faudrait une minute ou deux.

— Parfait, dit-elle en jetant un coup d'œil sur sa montre. Si je pars maintenant, je serai loin d'ici demain matin.

— Camilla, où comptes-tu aller ?

— N'importe où.

Elle saisit son amie aux épaules et déposa un baiser sur ses deux joues.

— Ne t'inquiète pas pour moi. Je te donnerai de mes nouvelles, promis. Même une princesse a droit à un peu d'aventure.

Sa longue bouche se fendit en un sourire.

— *Surtout* une princesse. Promets-moi de ne rien dire à personne avant 8 heures du matin.

— Cela ne me plaît pas, mais je te le promets.

— Merci.

Elle souleva le gros sac, puis se dirigea vers la valise.

— Attends..., dit Marian. Ne pars pas comme ça.

Surprise, Camilla se retourna.

— Comment, « comme ça » ?

— Comme une princesse. Tiens-toi moins droite, roule un peu des hanches. Je ne sais pas, Camilla, mais marche comme n'importe quelle fille...

— Oh...

Tout en ajustant la bandoulière de son sac sur son épaule, elle fit une tentative.

— Comme ça ?

— C'est mieux, dit Marian en mettant un doigt sur ses lèvres. Essaie de te déhancher.

Elle fit une nouvelle tentative, s'efforçant d'adopter une démarche plus nonchalante et décontractée.

— Je vais m'entraîner, promit-elle. Mais il est temps que je parte. Je téléphonerai demain matin.

Marian se précipita à la suite de Camilla.

— Oh, mon Dieu ! Sois prudente. Ne parle pas à des inconnus. Verrouille les portières de la voiture. Hum... As-tu de l'argent avec toi, ton téléphone cellulaire ? As-tu...

— Ne t'inquiète pas.

Devant la porte, Camilla se retourna et lui décocha un sourire radieux.

— J'ai tout ce qu'il me faut. *A bientôt.*

Mais lorsque la porte se referma derrière elle, Marian se tordit les mains.

— Bonne chance, mon amie, murmura-t-elle.

Une dizaine de jours plus tard, Camilla chantonnait en accompagnant la radio. Elle adorait la musique américaine. Elle adorait conduire. Elle adorait aller où bon lui semblait et faire ce qui lui plaisait. Non que cet intermède dans sa vie se déroulât sans culpabilité, sans déchirements intérieurs. Elle savait que ses parents se faisaient du souci. Surtout son père, devinait-elle.

Il avait trop l'âme d'un policier, songea-t-elle, pour ne pas penser à tous les dangers possibles et imaginables qui guettent une jeune femme seule. Surtout quand la jeune femme en question était sa propre fille.

Il avait exigé qu'elle leur téléphone tous les jours. Elle avait tenu bon en proposant d'appeler une fois par semaine. Et sa mère — comme toujours dans son rôle de médiatrice — avait arbitré en faveur d'un appel tous les trois jours.

Les autres problèmes qu'elle rencontrait étaient plus d'ordre pratique qu'émotionnel. La première fois qu'elle était allée dans un hôtel — quelle expérience mémorable ! — elle s'était rendu compte qu'elle ne pouvait pas courir le risque d'utiliser une de ses cartes de crédit. Si un employé comprenait à qui il avait affaire en relevant le nom de Camilla MacGee, un simple coup de fil à la presse locale suffirait pour que son secret soit découvert.

En conséquence, l'argent liquide dont elle disposait avait fondu comme neige au soleil. L'orgueil, l'entêtement et un agacement certain devant son imprévoyance l'empêchaient toutefois de solliciter ses parents.

En outre, cela allait à l'encontre d'un de ses objectifs : quelques précieuses semaines de totale indépendance…

Elle se demanda combien elle pourrait retirer de sa montre en la mettant en gage. Celle-ci valait à elle seule plusieurs milliers de dollars. Largement de quoi suffire ! Elle creuserait la question lors de sa prochaine étape.

Mais pour le moment, c'était tout simplement merveilleux de conduire. Elle avait quitté Washington par l'ouest, avait sillonné la Virginie et la Pennsylvanie, savourant le plaisir de prendre le chemin des écoliers.

Elle avait mangé dans des fast-foods, dormi dans des motels, le long de la route. Elle avait arpenté les rues de petits bourgs et de plus grandes villes, s'était mêlée à la foule indifférente. Pour la première fois de sa vie, personne ne l'avait remarquée.

Cela avait été merveilleux.

Personne — absolument personne — ne l'avait prise en photo. Dans un petit parc, au Nord de l'Etat de New York, elle avait vu deux hommes âgés plongés dans une partie d'échecs. Elle s'était arrêtée pour les observer et s'était retrouvée à discuter avec eux de politique mondiale !

Elle avait adoré voir le soleil briller de tous ses feux au-dessus de la Nouvelle-Angleterre. C'était si différent de la Virginie et de Cordina ! C'était si… libérateur de se laisser porter au gré du vent, dans des endroits où personne ne la connaissait, où personne n'attendait quelque chose d'elle, ou ne cherchait à la capturer avec un téléobjectif.

Elle se surprit à faire ce qu'elle ne faisait que dans la plus stricte intimité, avec sa famille et ses amis les plus intimes : se détendre.

Chaque nuit, pour son plus grand plaisir, elle notait les événements de sa journée dans un journal.

« Très fatiguée, mais heureuse de l'être, avait-elle écrit récemment. Demain je me rendrai dans le Vermont. Là, il faudra décider si je continue ou non vers l'est, pour rejoindre la côte. L'Amérique est un si grand pays ! Aucun livre, aucun cours, aucun des voyages que j'ai pu faire avec ma famille, pour des motifs officiels ou non, ne m'avait permis jusque-là de prendre conscience de ses dimensions, de la beauté de ses paysages, et de son extraordinaire diversité humaine.

Je suis à moitié américaine, et j'ai toujours tiré fierté de mes origines. Bizarrement, plus je suis livrée à moi-même sur cette terre, plus je m'y sens une étrangère. J'ai négligé, je m'en rends compte à présent, ce sang qui coule dans mes veines. Mais ce ne sera plus le cas.

Je suis dans un petit motel sur l'autoroute, dans les montagnes de l'Adirondack. Elles sont spectaculaires. Je ne peux pas en dire autant de ma chambre. Elle est propre, mais terriblement exiguë. Pour tout confort, je n'ai qu'un morceau de savon et deux serviettes aussi rêches que du papier de verre. Mais il y a un distributeur de boissons fraîches à l'extérieur, juste à côté de ma porte.

Je préférerais un bon verre de vin, mais c'est un luxe que mon budget ne me permet pas.

J'ai appelé à la maison, ce soir. Maman et papa sont en Virginie, à la ferme, avec Kristian et Dorian. Ils me manquent, ainsi que la sécurité et la stabilité qu'ils représentent. Mais je suis heureuse de découvrir qui je suis et que je peux être seule.

Je crois que je suis foncièrement indépendante, et plus intré-pide que je ne l'aurais jamais pensé. J'ai un excellent sens de l'orientation, un œil attentif au détail, et je suis plus à l'aise avec moi-même que je ne l'aurais cru.

Je n'ai pas la moindre idée de ce que cela peut signifier dans le grand schéma universel, mais c'est très agréable d'en prendre conscience.

Si la cote des princesses venait à s'effondrer, je pourrais peut-être trouver un travail de guide. »

Elle adorait le Vermont. Elle adorait ses hautes montagnes vertes, ses nombreux lacs, ses rivières tortueuses. Plutôt que de continuer vers le Maine, ou de prendre à l'ouest pour retourner dans l'Etat de New York, elle prit le chemin des écoliers, délaissant l'autoroute pour des routes secondaires qui traversaient des forêts, des terres arables et de coquets villages de la Nouvelle-Angleterre.

Elle avait complètement baissé les vitres pour sentir l'air chaud, allumé la radio, et piochait dans le sac rempli de frites calé entre ses jambes.

Elle n'éprouva aucune inquiétude quand elle vit des nuages s'amonceler dans le ciel. Les effets de lumière sous les grands arbres bordant la route étaient superbes, et l'atmosphère qui se chargeait d'un soupçon d'électricité n'était pas pour lui déplaire.

Elle ne maugréa pas quand elle vit des gouttes de pluie s'écraser sur le pare-brise, même si cela l'obligeait à remonter les vitres. Et lorsqu'elle vit des éclairs déchirer le ciel, elle savoura le spectacle qui s'offrait à elle.

Mais lorsque la pluie se mit à tomber à verse, le vent à hurler et les éclairs dans le ciel à l'aveugler, elle décida qu'il était temps de rejoindre l'autoroute et de trouver un endroit où s'abriter.

Dix minutes plus tard, elle se maudissait, s'efforçant de distinguer la route à travers le rideau de pluie que les essuie-glaces projetaient d'un côté à l'autre.

Quelle idiote ! songea-t-elle lugubrement. Elle s'était jetée dans la gueule de l'orage. Et à présent, elle redoutait de se perdre dans l'obscurité de cette pluie battante.

Elle ne voyait rien, hormis le noir de l'asphalte qui luisait dans le faisceau de ses phares et les remparts d'arbres, de part et d'autre de la route. L'orage grondait, le vent propulsait son véhicule en avant.

Elle songea un instant à s'arrêter sur le bas-côté et à attendre la fin de l'orage. Mais son tempérament obstiné —que ses frères aimaient tant taquiner — l'en empêcha. Encore quelques kilomètres, se dit-elle, et elle rejoindrait l'autoroute. Elle trouverait alors un motel, où elle pourrait jouir en toute sécurité de la tempête.

Une chose jaillit des arbres et fit un bond devant la voiture. Elle eut à peine le temps d'apercevoir les yeux étincelants d'une biche, et de braquer violemment.

Le véhicule fit un tête-à-queue, effectuant un tour complet sur le macadam mouillé, avant de verser dans un fossé.

Durant les quelques minutes qui suivirent, il n'y eut pas un seul bruit à part le martèlement de la pluie et le halètement de sa propre respiration. Puis un flash de lumière la tira brutalement de l'état de choc où l'avait plongée l'accident.

Elle inspira lentement, expira à fond. Si elle répétait trois fois cet exercice, elle recouvrait généralement son sang-froid. Mais à la troisième expiration, un juron s'échappa de sa bouche. Elle cogna rageusement le volant, grinça des dents, puis passa la marche arrière.

Lorsqu'elle démarra, les roues patinèrent avant de s'enfoncer plus profondément. Elle tenta de dégager le véhicule, alternant marche avant et marche arrière. Mais pour chaque centimètre gagné, elle en perdait deux.

Renonçant à tout autre tentative, pestant contre elle-même, elle sortit de la voiture pour évaluer les dégâts.

Elle ne vit rien d'autre qu'une aile enfoncée, mais l'obscurité régnait. D'autant plus, nota-t-elle, qu'un de ses phares s'était brisé. Sa voiture se trouvait non seulement à cheval sur la route et le fossé, mais les pneus avant étaient profondément embourbés.

Prise de frissons, elle remonta dans la voiture et dénicha son téléphone cellulaire. Il ne lui restait plus qu'à appeler un camion remorque.

Elle alluma son portable, puis regarda l'écran. *Hors service.*

Eh bien, c'était parfait, songea-t-elle, dégoûtée. Absolument parfait. Elle roulait au milieu de nulle part en chantonnant, ne se préoccupant de rien d'autre que de la beauté des arbres autour d'elle, et la voilà qui se jetait, tête la première, dans un gros orage d'été, et fonçait dans un fossé pour se retrouver dans le seul endroit au monde dépourvu de relais de téléphonie mobile.

Il ne lui restait plus qu'à passer la nuit, trempée comme une soupe, dans sa voiture.

Après dix minutes, le froid que lui communiquaient ses vêtements glacés l'incita à affronter de nouveau la pluie pour aller chercher sa valise dans le coffre, même si la suite des opérations, qui consistait à se changer dans l'habitacle d'un véhicule à moitié renversé dans le fossé, ne lui paraissait pas particulièrement engageante.

Alors qu'elle sortait ses affaires du coffre, elle perçut la faible lueur de phares qui trouaient le rideau de pluie. Sans hésiter, elle se précipita à l'avant et passa la main à l'intérieur pour donner trois coups de klaxon. Elle glissa, se retrouvant presque face contre terre, puis regagna la route en rampant, et agita frénétiquement les bras.

Aucun destrier blanc ne lui aurait paru plus beau que le camion bosselé qui s'avança dans un bruit de tonnerre pour venir s'arrêter en douceur devant elle. Aucun chevalier dans son armure étincelante ne lui aurait paru plus héroïque que la silhouette noire qui abaissa sa vitre.

— J'ai un problème.

— Sans blague !

Elle voyait ses yeux, à présent : ils étaient d'un vert cristallin et exprimaient la plus vive contrariété. Ils passèrent sur elle comme si elle n'était qu'un détail mineur — les poils de sa nuque se hérissèrent, bien qu'elle s'efforçât d'éprouver de la gratitude — avant de se poser sur sa voiture.

— Vous auriez dû rester chez vous, par un orage pareil.

— En voilà un bon conseil !

Son ton était glacial et terriblement poli : ses frères la surnommaient « la princesse snob », quand elle s'exprimait ainsi.

Les yeux la détaillèrent avec une pointe de moquerie. Ou de colère.

— Je vous serais infiniment reconnaissante si vous m'aidiez à sortir ma voiture de là.

— Je l'espère bien.

Sa voix était profonde, rauque et un peu lasse.

— Mais ayant oublié mon costume de Spiderman à la maison, je crains que ce ne soit pas votre jour de chance.

Elle lui décocha un long regard.

Il avait un visage volontaire — elle pouvait en discerner les traits, à présent. Fin et énergique, il était assombri par une barbe naissante de deux ou trois jours. Sa bouche était dure et lui donnait un air sévère. Un air de professeur, se dit-elle. De professeur qui vous fait la morale.

Or, elle n'était pas franchement d'humeur à ça.

Frigorifiée, elle réprima un frisson, luttant pour conserver un semblant de dignité.

— Il y a certainement une solution.

— Oui, admit-il en lâchant un soupir qui trahissait son manque d'enthousiasme. Montez. Nous irons chez moi, nous appellerons un remorqueur.

Dans son camion ? Avec lui ?

Ne parle pas à des inconnus.

Le conseil de Marian lui revint subitement à la mémoire. Bien sûr, elle était passée outre. Une bonne douzaine de fois. Mais monter dans le véhicule d'un inconnu, sur une route déserte ?

Que faire ?

Passer des heures à grelotter dans une voiture immobilisée, ou bien tenter sa chance, avec la douce perspective de se réfugier au chaud et — si Dieu le voulait — de boire une bonne tasse de café ?

— Mes bagages sont dans le coffre, dit-elle.

— Bien. Allez les chercher.

Elle cligna des yeux. Puis, alors qu'il persistait à la regarder d'un air dur, elle serra les dents.

— Le chevalier étincelant dans son armure étincelante, mon œil, ragea-t-elle, tout en fendant péniblement les rafales de pluie pour aller chercher ses affaires. Ce n'était qu'un rustre, un grossier personnage...

Mais s'il avait un téléphone et une cafetière, elle était prête à lui pardonner le reste.

Elle déposa ses bagages à l'arrière du camion et monta à bord, à côté de lui.

Ce fut alors qu'elle vit son bras droit en écharpe. Une vague de culpabilité la submergea aussitôt.

Comment aurait-il pu lui donner un coup de main, que ce fût pour sa voiture ou ses bagages, alors qu'il était blessé ? Et ses manières rudes étaient probablement dues à la douleur. Pour se faire pardonner ses pensées désobligeantes, elle lui décocha son plus beau sourire.

— Merci beaucoup. J'étais partie pour passer la nuit dans la voiture... trempée comme une soupe.

— Vous ne l'auriez pas été si vous étiez restée à l'intérieur.

Quelque chose voulut s'échapper de ses lèvres serrées, mais se mua en sifflement. La politesse, même lorsqu'elle n'était guère méritée, faisait partie de son éducation.

— C'est juste. Néanmoins j'apprécie que vous vous soyez arrêté, monsieur...

— Caine. Delaney Caine.

— Monsieur Caine, reprit-elle en essorant ses cheveux. Je m'appelle Camilla...

Elle s'interrompit une fraction de seconde. Elle avait failli dire « MacGee ».

— Breen, acheva-t-elle, prenant le nom de famille de Marian. Comment vous êtes-vous blessé le bras ?

— Ecoutez, laissez tomber les papotages.

« Prenons ce mal élevé pour ce qu'il est, décida-t-elle. Un roquet. »

— Très bien.

Elle tourna la tête et regarda par la fenêtre.

Après tout, ce n'était pas plus mal. L'homme l'avait à peine regardée. Il ne ferait jamais le lien entre la demoiselle en détresse et la princesse.

2.

Il faisait nuit, elle était trempée et peut-être à moitié cinglée… Mais ce genre de beauté se débrouillait toujours pour se faire remarquer.

Et comment ne pas remarquer, en effet, cette grande femme élancée, vêtue en tout et pour tout d'une chemise et d'un jean plaqués sur le corps, ce visage au teint pâle, ces grands yeux mordorés et cette longue bouche animée, le tout couronné d'un casque de feu dégouttant de pluie ?

Et sa voix, une voix mêlant les accents sudiste et français, une combinaison élégante et cultivée qui trahissait une bonne éducation.

Il avait remarqué aussi sa légère hésitation lorsqu'elle avait décliné son identité, et compris aussitôt qu'elle mentait.

Il s'en moquait d'ailleurs éperdument, de cela comme du reste.

Elle ne représentait rien d'autre pour lui qu'un désagrément de plus. Car il n'avait qu'une envie : rentrer chez lui. Etre seul. Avaler des antalgiques pour calmer la douleur qui le tenaillait et que l'humidité ambiante rendait plus pénible encore.

Sans parler du travail qui l'attendait, un travail qu'il allait devoir encore différer parce qu'il fallait qu'il s'occupe d'elle. Bon sang !

27

Et, en plus, elle voulait papoter. Pourquoi les gens éprouvaient-ils toujours le besoin de parler — ou plutôt de s'entendre parler ?

Il avait été contraint d'abandonner les fouilles en Floride pour se rétablir, mais cela présentait au moins un avantage : il se retrouvait chez lui… seul… sans amateurs pour fouiner sur le site, sans étudiants pour le harceler de questions, sans journalistes cherchant à lui extorquer une interview…

Bien sûr, toute chose avait son revers. Il n'avait pas soupçonné à quel point ce serait difficile, avec une seule main valide, de s'occuper de la paperasserie, de la documentation et du reste.

Mais il arrivait à se débrouiller, tant bien que mal.

Et elle lui ferait perdre une heure, songea-t-il en se souvenant subitement de sa passagère. Mais comment aurait-il pu la laisser en rade sur le bord de la route ? Même si l'idée lui en avait traversé l'esprit…

Ruminant ses pensées, il ne vit pas qu'elle grelottait sur son siège. Mais lorsqu'elle se mit à ronchonner et se pencha pour augmenter le chauffage, il poussa un grognement.

« Un vrai babouin ! », songea Camilla.

Dans son esprit, Delaney Caine avait déjà dégringolé à une vitesse vertigineuse la grande chaîne de l'évolution, mais lorsqu'il s'engagea sans crier gare dans un chemin étroit, bourbeux et troué d'ornières, l'obligeant à s'accrocher désespérément à son siège, elle jugea qu'il ne méritait même pas le statut de mammifère.

Frigorifiée, déprimée, furieuse, elle tenta de distinguer dans le noir la bâtisse qui surgissait devant eux. On aurait dit un chalet. Elle aperçut un espace d'herbes folles et un porche frontal légèrement affaissé, tandis que son compagnon braquait pour engager le véhicule sur un sentier argileux à peine carrossable, menant à l'arrière du bâtiment. Là, une ampoule nue diffusait une lumière jaunâtre, à côté d'une porte.

— Vous vivez ici ?

— De temps en temps.

Il ouvrit sa portière.

— Prenez le strict minimum et laissez le reste.

Et sur ces mots, il fendit la pluie. Aspirant plus que tout à enfiler des vêtements secs et chauds, Camilla passa outre ses recommandations : elle sortit tous ses bagages et les traîna jusqu'au chalet.

Elle dût batailler avec la porte, car il n'avait pas pris la peine de la laisser ouverte, et encore moins songé à l'attendre. Même un homme de Néanderthal, doté d'un cerveau aussi gros qu'un pois chiche, ne se serait pas comporté ainsi !

Essoufflée, elle pénétra dans une petite pièce affreusement sale, encombrée d'objets divers — bottes, manteaux, chapeaux, gants et pelles.

Sous un amoncellement de seaux, de déplantoirs et de linge sale, se trouvait, supposa-t-elle, une petite machine à laver.

Sa mauvaise opinion ne fit que se confirmer quand elle entra dans la cuisine. De la vaisselle sale s'empilait dans l'évier et sur une petite table, où traînaient également des papiers, une paire de lunettes, un paquet de cookies entamé, ainsi que des bouchons de stylos. Ses semelles collaient au sol et produisaient, à chaque pas, un léger bruit de succion.

— Je vois que l'eau et les produits ménagers sont des denrées rares dans le Vermont, dit-elle d'un ton doucereux.

Il haussa les épaules.

— J'ai viré la femme de ménage. Elle touchait à mes affaires.

— Je me demande bien comment elle faisait pour les trouver !

— Remorqueur..., murmura-t-il en dénichant un vieil annuaire téléphonique.

Il décrocha le téléphone, et aussitôt lâcha un juron.

— La ligne est coupée.

— Vous êtes sûr ? demanda-t-elle.

Le sort ne pouvait pas être si cruel.

29

— Sur cette planète, que je sache, l'absence de tonalité signifie qu'il n'y a pas de téléphone.

Ils se regardèrent d'un air consterné, aussi contrariés l'un que l'autre.

Elle en aurait grincé des dents.

— Peut-être pourriez-vous me déposer à l'auberge ou à l'hôtel le plus proche...

Il jeta un regard par la fenêtre au moment où un éclair zébrait le ciel.

— Vingt kilomètres par ce temps — éclairs, pluie, rafales de vent…

D'un air pensif, il frictionna son épaule douloureuse.

— Non, ce n'est pas possible.

— Que proposez-vous, à la place ?

— Je propose que vous vous changiez avant que vous n'attrapiez un gros rhume. Ensuite, on verra ce qu'on peut trouver à manger ici.

— Monsieur Caine, c'est infiniment aimable à vous. Mais je ne voudrais pas…

Elle renifla trois fois de suite.

— Filez, dit-il en désignant le couloir. Prenez l'escalier. La salle de bains est au bout. Je vais préparer du café.

Trop frigorifiée pour discuter, elle reprit ses bagages et les traîna péniblement jusqu'à la salle de bains.

Une fois parvenue à destination, elle tourna soigneusement le verrou derrière elle.

Il y avait des serviettes par terre, de la pâte à dentifrice sur l'émail blanc du petit lavabo. Il y avait aussi, constata-t-elle avec soulagement, de l'eau chaude.

Sous la douche, le bonheur qui l'envahit effaça tout autre sensation. L'eau ruisselait sur elle. Elle en aurait dansé de joie. Lorsque la chaleur commença à se répandre dans ses membres, elle ferma les yeux et soupira d'aise.

30

Ce fut non sans regret qu'elle ferma le robinet et quitta la cabine. Repérant une serviette de toilette relativement propre, elle s'y enveloppa, et prit un pantalon et une chemise dans sa valise.

Elle était en sous-vêtements quand, soudain, la lumière s'éteignit.

Elle poussa un cri et se cogna la hanche contre le lavabo puis se rhabilla tant bien que mal, au bord de la crise de nerfs.

— Monsieur Caine ! appela-t-elle en glissant prudemment un pied hors de la salle de bains.

L'obscurité régnait partout.

— Oui, oui... Pas la peine de vous énerver.

Elle l'entendit monter l'escalier, puis vit une petite flamme danser devant lui.

— Panne de courant, annonça-t-il.

— Sans blague !

— Ce n'est pas vraiment le moment d'être sarcastique, marmonna-t-il. Ne bougez pas.

La flamme et lui disparurent dans une autre pièce. Il revint avec une lampe de poche et lui tendit la bougie.

— Vous avez fini ? demanda-t-il avec un signe de tête vers la salle de bains.

— Oui, merci.

— Bien.

Il commença à redescendre les marches. Un coup de tonnerre retentit. Elle se rua sur ses talons.

— Que faisons-nous, maintenant ?

— Nous allons faire du feu, boire un café, réchauffer de la soupe… et faire comme si vous n'étiez pas là.

— Pas la peine de vous montrer odieux. Ce n'est tout de même pas ma faute s'il y a un orage !

Elle trébucha sur une paire de chaussures et se rattrapa à lui.

— Bon sang ! Regardez où vous mettez les pieds !

— Je vous demande pardon, mais si vous ne viviez pas dans une porcherie, je ne buterais pas contre vos affaires !

— Allez là-bas, dit-il en désignant le salon. Asseyez-vous. Et oubliez-moi.

— Avec plaisir.

Elle se fraya un passage dans la pièce et, gâtant l'effet de sa réplique, poussa un hurlement.

— Est-ce que…

Elle leva faiblement la main.

— Ce sont des os ?

Il dirigea le faisceau de sa lampe sur les ossements ensachés hermétiquement dans du plastique.

— Oui. Humains pour la plupart, répondit-il d'une voix neutre, en se dirigeant vers la cheminée.

Il s'accroupit et disposa dans l'âtre du bois d'allumage.

— Rassurez-vous, je n'ai tué personne.

— Ah, vraiment ?

Elle recula, se demandant ce qu'elle pourrait bien utiliser pour se défendre.

— Leur propriétaire est morte il y a plus de sept mille ans.

Il alluma le petit bois.

— Pourquoi avez-vous tous ces ossements ?

— Je les ai trouvés — dans des fouilles en Floride.

Il fit flamber les bûches et se redressa. Le feu crépita dans son dos, l'enveloppant de lumière.

— Vous… fouillez les tombes ? balbutia-t-elle, horrifiée.

Pour la première fois, il sourit — et ce fut un éclair aussi éblouissant que ceux qui zébraient le ciel.

— Si on peut dire. Détendez-vous… Comment vous appelez-vous, déjà ?

Elle humecta ses lèvres.

— Camilla.

— Eh bien, détendez-vous, Camilla. Je suis un archéologue, pas un scientifique fou. Je vais chercher le café. Ne touchez pas à mes os, ni à quoi que ce soit d'autre.

— Oh, je n'en ai pas la moindre envie, croyez-moi.

32

Comme elle n'avait pas non plus la moindre envie de rester seule ici, dans l'obscurité, avec un tas d'ossements humains pour seule compagnie. Qu'ils fussent vieux comme le monde et soigneusement emballés ne changeait rien à l'affaire.

— Je vais vous donner un coup de main, dit-elle.

Ne voulant pas montrer qu'elle avait peur, elle sourit.

— Ecoutez, il y a une chambre libre à l'étage, reprit-il. Vous feriez mieux de dormir ici. Nous nous occuperons de votre voiture demain matin.

— Merci.

Elle avait bien chaud, elle était à l'abri et le café sentait merveilleusement bon. La situation aurait pu être pire.

— Je vous suis sincèrement reconnaissante, monsieur Caine.

— Appelez-moi Caine, simplement, ou bien Del.

Elle lui emboîta le pas.

— Où allez-vous ?

— Pardon ?

Bataillant avec un imperméable, il se figea en plein effort. Il n'était pas habitué à justifier ses allées et venues.

— Nous allons manquer d'eau. Pluie, eau, seau, ajouta-t-il en guise d'explication. Il y a un groupe électrogène dans la cabane. Je vais voir si je peux le mettre en route. Ne touchez à rien, conclut-il en s'éloignant.

— Pas de danger, marmonna-t-elle en rebroussant chemin vers la cuisine. J'aurais trop peur d'attraper le tétanos.

Redoutant d'autres découvertes macabres, elle ouvrit tout doucement un placard. Puis un autre, et encore un autre. Tous vides. Dans le quatrième, elle trouva ce qui devait être, selon toute probabilité, la seule vaisselle propre de la maison.

Elle versa du café dans un mug ébréché, en avala une gorgée circonspecte, et constata, avec stupeur et ravissement, que l'homme préparait le café à merveille.

Ragaillardie, elle jaugea la cuisine. Elle ne pouvait pas rester là, les bras ballants. S'ils devaient dîner ici, autant que ce soit dans de bonnes conditions !

Il y avait une quantité de boîtes de conserve dans le placard à provisions, et parmi elles, deux boîtes de soupe à la tomate. C'était un début… Rassérénée, elle ouvrit le réfrigérateur.

Elle fronça les sourcils en examinant les trois œufs, le vieux morceau de fromage, le pack de six bières — presque complet — qui s'y trouvaient, et retrouva le sourire en apercevant une excellente bouteille de Pinot noir.

La situation semblait s'améliorer…

Il y avait aussi du lait en brique qui — après avoir été dûment reniflé — se révéla encore frais, ainsi qu'une bouteille d'eau à moitié vide.

Retroussant ses manches, Camilla se mit à l'œuvre.

Quinze minutes plus tard, elle sortit, munie d'un seau. Elle pouvait à peine distinguer la cabane. Malgré le martèlement de la pluie, elle perçut une bordée de jurons et de malédictions qui s'en échappaient. Estimant que Del en aurait pour un moment, elle troqua son seau vide contre le sien, à moitié rempli d'eau.

Si au moins il y avait eu un peu de lumière ! songea Del en donnant un coup de pied rageur dans le groupe électrogène. Il aurait aisément pu le réparer. Mais le problème, c'est qu'il fallait d'abord le réparer pour avoir de la lumière.

Ce qui signifiait qu'il ne pourrait le remettre en marche avant le lendemain matin, et qu'il avait perdu plus d'une demi-heure à se cogner l'épaule dans cet espace exigu et sombre. Tout son corps criait de douleur.

Si cela n'avait tenu qu'à lui, il n'aurait même pas cherché à réparer le groupe électrogène. Il aurait ouvert une boîte de conserve, mangé froid et travaillé à la lueur de la bougie.

Mais il y avait cette femme…

Il détestait devoir s'occuper d'une femme, même dans des conditions optimales — ce qui était loin d'être le cas présent.

— Drôle de fille, murmura-t-il en balayant une dernière fois la remise avec sa lampe de poche. Probablement en fuite. Son riche époux ne doit pas la couvrir assez de bijoux...

Mais ce ne sont pas mes affaires, se rappela-t-il. Elle ne sera plus là demain, et je pourrai me remettre au travail.

Il se retourna, se cogna contre le groupe électrogène, et bondit de douleur. Il vit alors danser des étoiles devant ses yeux. Le visage en sueur, il s'appuya contre le mur et attendit que le vertige passe.

Il avait dû quitter le chantier en Floride — un projet qu'il avait débuté lui-même, trois ans plus tôt — à cause de ses blessures. Il n'était pas parti de gaieté de cœur, mais avait fait contre mauvaise fortune bon cœur. Après tout, il était nécessaire que quelqu'un rédige les rapports, s'occupe du catalogage et du travail de laboratoire. Et autant que ce soit lui plutôt qu'un autre.

Mais il détestait se retrouver dans un tel état de faiblesse, être ainsi gêné dans ses mouvements. C'était tout juste s'il pouvait s'habiller sans malmener sa clavicule fracturée, son épaule démise, ses côtes brisées.

Et nouer les lacets de ses chaussures relevait du défi.

C'était un véritable cauchemar.

Maudissant sa faiblesse passagère, il ramassa la lampe de poche qui lui avait glissé des mains et se fraya un chemin jusqu'au chalet. Il s'arrêta pour prendre le seau d'eau et pesta en constatant que ce simple effort suffisait à le vider de ses forces.

Il déposa le seau dans la remise, ôta son imperméable et se rendit directement dans la cuisine, rêvant d'une tasse de café.

La cafetière avait disparu.

Il lui fallut une bonne minute pour comprendre. Non seulement le café avait disparu, mais aussi la vaisselle sale qui traînait un peu partout.

Il ouvrit le placard et vit avec stupeur des piles d'assiettes propres et des rangées de verres étincelants.

Le plan de travail était impeccable, la table aussi. Et lorsqu'il aperçut ses notes et ses dossiers soigneusement empilés, il ne pût retenir un grognement.

Mais alors qu'il traversait le chalet, une odeur de café et de nourriture l'assaillit. Il se souvint qu'il n'avait rien ingurgité depuis des heures, et refoula sa colère à la perspective d'avaler un morceau.

Elle se trouvait dans le salon, occupée à remuer dans l'âtre une soupe à la tomate. Elle avait récupéré un grill — probablement un des accessoires du four — et l'avait installé sur des briques.

Il se souvint d'avoir vu ces briques près du porche et de s'être demandé ce qu'elles fichaient là.

« Pleine de ressources ! » admit-il à contrecœur.

— Je vous avais demandé de ne pas toucher à mes affaires.

Elle ne sursauta pas. Vu qu'il se déplaçait dans le chalet avec la grâce d'un éléphant, elle savait qu'il était là.

— J'ai faim, répondit-elle. Je refuse de cuisiner et de manger dans une porcherie. J'ai à peine déplacé vos notes.

« Des notes fascinantes », songea-t-elle. Du moins le peu qu'elle avait réussi à déchiffrer.

— Je savais exactement où chaque chose se trouvait, objecta-t-il.

— Eh bien, maintenant, répliqua-t-elle en se raidissant avant de se tourner vers lui, vous les chercherez. Dans ces deux piles-là. Je ne savais pas où…

Elle s'interrompit en voyant le sang couler de sa main.

— Oh... Vous vous êtes blessé ?

Il baissa les yeux, vit une entaille peu profonde et soupira.

— Bon sang... Après tout, une de plus ou de moins…

Elle se rua pour prendre sa main blessée dans la sienne et l'examiner.

— Retournez dans la cuisine, ordonna-t-elle. Vous mettez du sang partout.

Ce n'était qu'une coupure superficielle. Et jusque-là, personne ne s'était jamais inquiété de ses bobos — même sa mère. Décontenancé, il se laissa conduire dans la cuisine et dût plonger la main dans l'évier.

— Restez-là, reprit-elle.

Elle lui parlait comme elle l'aurait fait avec un animal de compagnie. Ou pire — avec un domestique.

Elle dénicha un chiffon, le trempa dans le seau d'eau et commença à lui nettoyer la main.

— Avec quoi vous êtes-vous blessé ?

— Aucune idée. Il faisait sombre.

— Vous avez une trousse de secours ? Un antiseptique ?

— Ce n'est qu'une égratignure..., commença-t-il avant de s'interrompre en voyant son regard furibond. Là-bas, reprit-il en esquissant un geste vague.

Elle se rendit dans la remise.

Il l'entendit farfouiller et grommeler en français.

— Si vous avez l'intention de m'injurier, faites-le au moins en anglais.

— J'ai dit que vous étiez un cochon, et que vous étiez maladroit, en plus.

Elle revint triomphalement avec une trousse de secours, puis se mit à chercher à l'intérieur.

Il songea à lui dire qu'il avait parfaitement compris ce qu'elle avait dit en français, mais se ravisa. Pourquoi se priver d'un peu d'amusement ?

— Je ne suis pas maladroit.

— Ah ? Alors comment expliquez-vous votre bras en écharpe et votre main en sang ?

— J'ai eu un accident de travail, dit-il.

Alors qu'elle se tournait vers lui pour désinfecter sa blessure, il éternua et sa vue se brouilla.

Il vacilla, suffoquant, tandis qu'une vive douleur le tenaillait au niveau des côtes.

Elle vit ses yeux se voiler, et le sang se retirer de ses joues.

— Qu'y a-t-il ?

Sans réfléchir, elle passa un bras autour de sa taille. Il tremblait de tous ses membres.

— Vous devriez vous asseoir.

— Juste… des côtes cassées, une épaule disloquée et une clavicule brisée.

Une expression d'horreur mêlée de culpabilité se peignit sur les traits de la jeune femme.

— Oh mon pauvre ami ! Venez, je vais vous aider à monter dans votre chambre. Il vous faut des vêtements secs. Je vais m'occuper de la soupe. Ainsi, vous aurez quelque chose de chaud dans le ventre. Vous auriez dû me dire que vous étiez gravement blessé.

— Je ne suis pas…

Il s'interrompit. Elle sentait fabuleusement bon... et se faisait du souci pour lui. Pourquoi se comportait-il comme un idiot ?

— Ce n'est pas si grave que ça.

— Les hommes n'aiment pas avouer qu'ils souffrent. Vous avez la lampe de poche ?

— Dans ma poche arrière.

Elle l'aida tant bien que mal à se relever.

Il n'était pas désagréable de sentir sa jolie poitrine contre lui, admit-il. Ou ses longs doigts fins glisser sur ses fesses pour prendre la lampe de sa poche dans son jean… Pas désagréable du tout. Et fort efficace contre la douleur…

Une fois dans la chambre, il s'effondra sur un coin du lit défait.

— Il vous faut des vêtements secs, dit-elle en fouillant dans son armoire.

Elle se retourna avec un jean et un pull dans les mains, et lui sourit.

— Voulez-vous que je vous aide à… Hum... à vous changer ?

Il réfléchit. Il savait qu'il valait mieux décliner son offre : c'était franchir un pas qui risquait de les mener trop loin. Mais quel homme n'avait jamais rêvé de se laisser déshabiller par une jolie femme ?

— Non, je vous remercie. Je devrais pouvoir me débrouiller tout seul.

— Bien. Alors je vais redescendre pour m'occuper de la soupe. Appelez-moi si vous avez besoin de quelque chose.

Elle dévala les escaliers, se maudissant.

Comment avait-elle pu le traiter de cochon ? Le pauvre avait déjà du mal à s'occuper de lui-même. Elle avait honte, rétrospectivement, de son attitude intransigeante, totalement dénuée de compassion et de gratitude.

Au moins, elle pourrait lui faciliter la vie, à présent, et lui donner un bon bol de soupe chaude pour commencer.

Lorsqu'il redescendit, elle avait déposé sur la table éraflée deux bols et deux carrés de papier essuie-tout en guise de serviettes. Il y avait aussi des bougies et une bonne odeur de soupe.

Elle sourit et le dévisagea.

Ses cheveux étaient secs, et elle pouvait voir qu'ils n'étaient pas bruns comme elle l'avait cru. Ou pas totalement. Des mèches plus claires, probablement décolorées par le soleil, les illuminaient. Au niveau du col de son pull-over, ils bouclaient légèrement et fonçaient par endroits en prenant la teinte du chêne.

Une chevelure magnifique, en dépit de son style négligé, et qui, étrangement, s'accordait avec ses yeux d'un vert cristallin.

— Vous vous sentirez mieux une fois que vous aurez mangé.

Il se sentait déjà mieux, avec les antalgiques qu'il avait pris. La douleur insoutenable s'était muée en une douleur lancinante mais supportable. Il comptait sur un repas chaud pour en venir à bout.

— Qu'est-ce qu'il y a, au dîner ?

— *Consommé*, dit-elle en adoptant délibérément un ton de voix élégant. *Consommé de tomate avec dés de pommes de terre.*

Riant, elle tapa sa cuillère sur la soupière.

— Vous avez un grand choix de boîtes de conserve, alors j'ai mélangé la soupe avec des pommes de terre en ajoutant un peu de lait. Ce serait encore meilleur avec des herbes aromatiques, mais vous êtes en rupture de stock. Asseyez-vous et détendez-vous. Je vais faire le service.

Dans des circonstances normales, il se moquait pas mal d'être dorloté. Du moins était-ce ce qu'il croyait. Il n'avait aucun souvenir d'avoir jamais été dorloté ainsi par le passé. En tout cas, cette soirée n'avait rien d'une soirée normale, et il ferait mieux d'en profiter.

— Vous ne semblez pas être le genre de femme à cuisiner... Plutôt le genre à avoir un cuisinier.

Elle se renfrogna. Elle qui pensait pouvoir ressembler à n'importe quelle femme ordinaire.

— Eh bien, vous vous trompez. Je suis une excellente cuisinière.

Elle servit alors la soupe.

Intéressée par l'art culinaire, elle avait pris des leçons particulières avec un grand chef.

— Mais j'avoue que c'est la première fois que je cuisine sur un feu de bois.

— Vous avez l'air de bien vous en être tirée. Ça sent bon, en tout cas.

C'était sa manière à lui de faire des compliments — comme son grognement était sa manière de la remercier lorsqu'elle lui tendit son bol.

— Je ne savais pas ce que vous voudriez boire. Café, lait ? Il y a de la bière… et du vin.

— Du café. Comme j'ai pris des médicaments, il est préférable que je fasse une croix sur l'alcool.

Il était sur le point d'avaler sa soupe quand elle se posta devant lui. Il leva les yeux.

— Quoi ?

Elle réprima un soupir. Puisqu'il ne songeait même pas à lui proposer du vin, elle allait lui rappeler, avec diplomatie, les règles de la politesse la plus élémentaire.

— Je prendrais volontiers un verre de vin, si vous n'y voyez pas d'inconvénient.

— Non, je n'y vois pas d'inconvénient.

— Très bien.

Les dents serrées, elle lui versa du café, puis se rendit dans la cuisine. Comment un homme pouvait-il se débrouiller dans la vie avec des manières pareilles ? Elle déboucha la bouteille de vin et, après un moment d'hésitation, l'emporta avec elle.

Elle prendrait deux verres et lui rembourserait la dépense, en plus de l'hébergement pour la nuit.

Comme il avait raclé son bol, elle le resservit, puis se servit à son tour et s'assit.

Elle avait survécu à d'innombrables dîners mondains parfaitement assommants. Elle devrait être en mesure de survivre à une seule soirée avec Del Caine.

— J'imagine que vous voyagez beaucoup, dit-elle.

— Oui, ça fait partie de mon travail.

— Et cela vous plaît ?

— Bien sûr. Ce serait stupide de faire quelque chose qu'on n'aime pas.

Elle but une gorgée de vin et plaqua une expression affable sur son visage.

— Il arrive qu'on n'ait pas toujours le choix, dans la vie, que ce soit au niveau de son travail ou de son lieu d'habitation, de son mode d'existence. Je crains de ne pas connaître grand-chose à votre domaine. Vous étudiez… les os ?

— Ça m'arrive.

Il haussa les épaules en la voyant sourciller.

— Civilisation, architecture, modes de vie, traditions, religion, culture, poursuivit-il. Petite incursion dans l'anthropologie. Et pour finir, les os, parce qu'ils font partie de ce qu'il nous reste de ces civilisations.

— Et que cherchez-vous ?

— Des réponses.

Elle hocha la tête. Elle aussi voulait des réponses.

— A quelles questions ?

— A toutes.

Elle se leva pour lui resservir du café.

— Vous êtes ambitieux.

— Non, curieux.

— C'est bien mieux que l'ambition.

Elle lui adressa un beau sourire. Un sourire généreux et chaleureux, qui irradiait son visage. Il sentit son estomac se nouer.

— Vous croyez ? demanda-t-il.

— Oui, absolument. L'ambition est limitée, tandis que la curiosité laisse la porte ouverte à d'innombrables possibilités. Alors, que vous apprennent-ils ?

Elle rit en esquissant un geste en direction des ossements entassés sur la table.

— Que disent ceux-ci, par exemple ?

Bon sang, songea-t-il, voilà qu'à présent, il allait devoir lui faire un cours !

— Ils disent qu'elle avait environ quarante-cinq ans au jour de sa mort, commença-t-il.

— « Elle » ?

— Oui. Il s'agit d'une personne de sexe féminin, d'origine américaine. Elle a eu plusieurs fractures — au bras et à la jambe, probablement à cause d'une chute — plusieurs années avant sa mort. Ce qui semble indiquer qu'elle avait un mode de vie plutôt sédentaire et qu'elle a été soignée.

— Oui, bien sûr. On devait déjà savoir soigner certaines blessures à l'époque.

— Détrompez-vous, ce n'est pas évident. Dans certaines tribus, ceux qui n'étaient plus en mesure d'apporter leur contribution à la collectivité, parce qu'ils étaient blessés ou malades, étaient abandonnés.

— Ah, je vois que la cruauté n'a rien de nouveau...

— Non, pas plus que la survie des plus forts. Mais dans le cas qui nous intéresse, la tribu prenait soin de ses malades et de ses invalides, et enterrait ses morts avec respect. Probablement le jour même. Cette femme et d'autres personnes découvertes au cours de ces fouilles étaient enveloppées d'une sorte de linceul fabriqué avec des plantes locales. Tissage élaboré, d'ailleurs. Ils devaient avoir des métiers à tisser, et y consacrer une bonne part de leur temps. Ils ne pouvaient pas mener une vie de nomades. Ils disposaient de nombreuses ressources — des graines, des noix, des racines, du bois pour le feu et les huttes. Et du poisson...

— Vous déduisez tout ça de ces ossements ?

— Pardon ?

Elle le vit s'extraire de ses pensées pour lui prêter de nouveau attention.

— Vous savez tout cela avec cette poignée d'os ? répéta-t-elle.

— Nous en avons découvert plus d'une poignée, sans parler du reste.

— En fait, l'étude de ces os vous permet de comprendre comment ils vivaient, pourquoi ils faisaient certaines choses. Vous cherchez à savoir — si je ne me trompe — comment ils construisaient leurs maisons, se nourrissaient. Comment ils élevaient leurs enfants, enterraient leurs morts. Quelles étaient les divinités qu'ils vénéraient, les batailles qu'ils livraient. Et pour finir, comment nous avons évolué à partir de là.

C'était une jolie synthèse, pour une profane, songea-t-il. Il y avait un cerveau derrière le vernis policé de son interlocutrice.

— C'est à peu près ça.

— Les femmes préparaient peut-être la soupe sur un feu de bois, comme moi.

La remarque lui arracha l'amorce d'un sourire.

— Les femmes assument cette tâche depuis la nuit des temps. Il y a forcément une raison à cela.

— Oh, certainement. Les hommes ont toujours préféré se frapper la poitrine et se bagarrer plutôt que de s'occuper des tâches domestiques, nettement moins héroïques.

— Vous avez tout compris.

Il se leva. En dépit des nombreuses tasses de café qu'il avait bues, il se sentait groggy. C'était pour cette raison qu'il évitait, dans la mesure du possible, de prendre des antalgiques.

— Je monte me coucher. Il y a un lit pour vous dans la première chambre à gauche de l'escalier.

Puis, sans un mot de remerciement, ni même un de ses grognements coutumiers, il sortit de la pièce.

3.

« Je ne sais pas quoi penser de mon hôte », écrivit ce soir-là Camilla.

Il était déjà tard, et elle avait préféré se pelotonner sur le canapé délabré, au coin du feu, plutôt que s'installer dans une chambre froide et humide, de surcroît dépourvue d'électricité.

« Je pense que son manque de sociabilité est dû au fait que son activité professionnelle le conduit à fréquenter les morts plutôt que les vivants. A cela, ajoutons qu'il souffre de ses blessures. Néanmoins, je le soupçonne d'être un sacré mufle même quand il est en bonne santé.

« Quoi qu'il en soit, c'est un homme intéressant — et côtoyer des gens qui me traitent comme tout le monde fait partie du jeu.

« Un des aspects positifs de son mode de vie, qui pourrait s'apparenter à celui d'un ermite, c'est l'absence de télévision dans le chalet. Imaginez un peu, un foyer américain sans poste de télévision ! Je n'ai pas vu non plus de journaux ou de magazines. Bien qu'il soit possible qu'il y en ait sous les amoncellements d'ordures qui jonchent la maison.`

« Le risque qu'un homme comme lui me reconnaisse, même si nous sommes amenés à partager une certaine intimité, est quasiment nul. C'est rassurant.

« En dépit de sa curieuse façon de vivre, c'est manifestement un homme intelligent. Lorsqu'il parle de son travail — même brièvement — il y a une étincelle qui s'allume en lui. Une certaine curiosité, un besoin de trouver des réponses, qui m'attire beaucoup. Peut-être parce que je cherche moi aussi quelque chose. Quelque chose en moi.

« Je sais que ce n'est pas très correct, mais j'ai parcouru ses notes quand il est parti se coucher. C'est fascinant ! D'après ce que j'ai réussi à déchiffrer, il fait partie d'une équipe qui a découvert un site archéologique dans le centre de la Floride. Des ossements d'un peuple ancien — qui datent de sept mille ans, d'après les études — ont été découverts, profondément enfouis sous de la tourbe, à l'occasion d'un projet de réaménagement d'un plan d'eau.

« Ses notes et ses documents sont tellement en désordre que je ne suis pas en mesure de reconstituer les faits de façon très précise, mais il semblerait que c'est cette découverte qui soit à l'origine du Programme de Recherche Bardville. Et Delaney y travaille depuis trois ans.

« Les découvertes qu'ils ont faites sont réellement fascinantes. Un bébé avec ses jouets, des objets fabriqués avec des os, du bois, des andouillers, dont certains sont sculptés. Tout cela dénote un grand sens des rituels et de la beauté. Il y a aussi des croquis — je me demande si c'est lui qui les a réalisés.

« Il y a tant de notes, de documents et de bouts de papiers éparpillés un peu partout dans le chalet ! J'aimerais les lire et les reclasser depuis l'origine du projet jusqu'à ce jour. Mais c'est impossible, la situation étant ce qu'elle est, sans parler de mon départ demain matin.

« De mon côté, je progresse. Je dors de mieux en mieux. L'appétit m'est revenu et je me suis même laissée aller à quelques excès. Aujourd'hui, après une longue route et un accident sans gravité, j'ai consacré une part non négligeable de mon temps à des tâches domestiques. Essentiellement physiques. Deux semaines auparavant, la moindre tâche me vidait, aussi bien physiquement qu'émotionnellement. Ce soir, en dépit de cette dure journée, je me sens en pleine forme, presque galvanisée.

46

« C'était exactement le remède qu'il me fallait : la liberté de pouvoir être moi.

« Aussi ai-je décidé de m'offrir quelques semaines de plus avant que Camilla MacGee ne se glisse de nouveau dans la peau de Camilla de Cordina. »

Le lendemain matin, le soleil caressait de ses rayons obliques le visage de Del. Ce dernier s'agita, recherchant l'obscurité afin de poursuivre un rêve étrange où évoluait une grande fille rousse à la voix sensuelle et aux yeux mordorés. Et il roula sur le mauvais côté.

Il se réveilla en proférant un juron.

Puis il se souvint que la grande rousse existait bel et bien et qu'elle dormait sous le même toit que lui. Il en éprouva un léger sentiment de malaise. Il se souvint également que cette jolie fille se trouvait ici à cause de l'orage, et qu'il n'y avait plus d'électricité dans la maison.

Ce qui signifiait qu'il allait devoir se laver à l'eau glacée. Il prit ses affaires et commença à descendre l'escalier. Il s'arrêta en l'entendant chantonner.

Cette jolie voix, avec son accent légèrement exotique, paraissait incongrue dans le chalet. Mais le délicieux arôme de café qui venait lui chatouiller les narines n'avait, en revanche, rien d'incongru.

Le café chauffait dans la cheminée. Le sol avait été lavé. Et des fleurs sauvages étaient disposées dans un verre, sur la table.

Elle avait ouvert la fenêtre et les portes, et un air doux et frais circulait dans la maison.

Elle eut un mouvement de recul et réprima un cri en l'apercevant.

Il n'avait pas fait de bruit, cette fois. Il était pieds nus, et vêtu uniquement de son bas de survêtement et de la bandoulière soutenant son bras.

Camilla sentit un élan instinctif la porter vers lui, avant de remarquer les contusions violacées sur le côté droit de sa cage thoracique.

— Mon Dieu !

Elle aurait voulu le toucher et soulager ses souffrances.

— Ce doit être terriblement douloureux.

— Ce n'est pas si grave que ça en a l'air. Que faisiez-vous ?

— Je préparais le petit déjeuner. Je suis levée depuis une ou deux heures, et je le prendrais bien, à présent.

— Pourquoi ?

— Parce que j'ai faim.

— Non. Ce n'est pas le sens de ma question.

Il se tourna pour chercher une tasse. S'il ne prenait pas tout de suite sa dose de caféine, il allait se désintégrer.

— Pourquoi vous êtes-vous levée si tôt ?

— Par habitude.

Elle savait qu'il y avait un énorme fossé entre ce que les gens s'imaginaient, et la vie réelle d'une princesse. Il était rare qu'elle se lève après 6 heures.

— Mauvaise habitude, marmonna-t-il en se dirigeant à grands pas vers la cafetière.

— J'ai fait une balade, ce matin, commença-t-elle. C'est une belle journée et la forêt est magnifique. J'ai vu des biches se baigner dans l'étang, et des digitales et des ancolies blanches en pleine floraison. Je comprends ce qui pousse les gens à vivre ici. Je me demande, du reste, comment vous faites pour quitter un endroit pareil.

— Je reviens toujours ici.

Il but son café d'une traite, puis ferma les yeux.

— Mon Dieu, que c'est bon...

— Il n'y a toujours pas de courant. Nous avons trois œufs à notre disposition. Nous pourrions préparer une omelette aux champignons et au fromage.

— Faites comme vous l'entendez. Moi, je vais me laver.

48

Il prit ses affaires, et s'arrêta pour la contempler.

— Qu'y a-t-il ?

Del secoua la tête.

— Vous êtes sacrément jolie ! dit-il dans un grognement, tout en s'éloignant.

Dans sa bouche, le compliment n'avait pas vraiment l'air d'en être un, songea-t-elle sans remarquer que son estomac s'était mis à gargouiller.

Elle retourna dans la cuisine pour préparer l'omelette.

Il avala le plat d'une seule bouchée.

Pourquoi s'était-elle donné autant de mal ?

Del était littéralement aux anges : il mangeait quelque chose qu'il n'avait pas eu besoin de préparer, et qui ressemblait pour une fois à de la nourriture. Aux anges... au point de ne pas se mettre en colère en songeant à ses notes soigneusement empilées dans le salon.

Autre point en sa faveur : elle ne l'assommait pas avec ses bavardages. Il ne détestait rien tant que des bavardages quand il n'avait pas encore commencé la journée.

Si elle n'avait pas eu ce physique-là, il aurait pu lui proposer de rester en échange du ménage et de la cuisine. Mais quand une femme ressemble à celle-ci — et s'insinue dans vos rêves alors que vous ne la connaissez que depuis quelques heures — c'est à coup sûr une source d'ennuis. Plus tôt elle s'en irait, mieux ce serait.

Comme si elle avait lu dans son esprit, elle se leva et commença à nettoyer la table.

— Je sais que je vous dérange, et j'apprécie d'autant plus votre hospitalité, mais j'aurais une faveur à vous demander. Pourriez-vous me conduire à une cabine téléphonique ou à un garage ? Ce qui vous dérange le moins...

Il posa les yeux sur elle.

49

Camilla Machin-chose, en plus, avait du savoir-vivre. Face à elle, il avait la désagréable impression de se comporter comme un rustre.

— Pas de problème, marmonna-t-il en percevant le bruit d'une voiture cahotant sur le chemin.

Qui diable pouvait bien venir chez lui ?

Il se leva à son tour alors que Camilla avait déjà rejoint la fenêtre. Dès qu'elle aperçut la voiture de shérif, elle recula.

Les policiers, songea-t-elle, étaient de fins observateurs. Elle préférait éviter tout contact direct avec eux.

Du coin de l'œil, Del avait perçu son mouvement de recul. Il fronça les sourcils, puis sortit.

— Bonjour, Del.

Le shérif Larry Risener etait un homme entre deux âges, à la carrure athlétique et à la voix douce. Del le connaissait depuis qu'il était enfant.

— Salut, shérif.

— Simple visite de contrôle pour voir si tout va bien. Grosse tempête, la nuit dernière... Presque tout le comté est privé d'électricité et de téléphone.

— Ici aussi. Vous savez quand ça devrait revenir ?

Riser sourit en se grattant la joue.

— Eh bien, tu sais...

— Je vois.

— J'ai vu une voiture dans le fossé pas loin d'ici. Une voiture de location. Il semblerait que quelqu'un ait eu un pépin.

Del s'appuya contre l'encadrement de la porte.

— Je suis passé devant hier. Je n'ai pas pu appeler un remorqueur. La conductrice a passé la nuit ici. Je m'apprêtais justement à passer voir Carl.

— Parfait, alors. Je peux contacter Carl par radio, si tu veux. Cela t'évitera de te déplacer. Il fera un saut ici et te dira ce qu'il peut faire.

— Je te revaudrai ça.

— O.K. Comment est-ce que ça va, au fait ? Ton épaule et tout le reste ?

— Ça va mieux. Je ne souffre plus comme un damné.

— Bon. Tu as des nouvelles de tes parents ?

— Non, pas depuis une semaine.

— Salue-les de ma part quand tu les auras en ligne, dit Riser en regagnant son véhicule. Mon petit dernier est dingue des fossiles que ta mère lui a rapportés.

— Compte sur moi.

Lorsque la voiture du shérif fut hors de vue, il sentit la présence de Camilla derrière lui et se retourna.

— Vous avez des problèmes avec la loi ?

— Non, répondit-elle d'une voix aiguë. Non, bien sûr que non.

Ses yeux verts la dévisagèrent durement.

— Ne me racontez pas d'histoires.

Elle joignit les mains, recouvrant son calme.

— Je n'ai rien fait de mal. Je n'ai pas d'ennuis avec la police. Je voyage, c'est tout, et je n'ai pas envie de leur expliquer que je n'ai pas de destination précise.

Sa voix était assurée, à présent, et son regard limpide. Si elle mentait, c'était une menteuse hors pair, songea Del. Mais pour le moment, il était plus simple de la croire.

— Bien. Carl va aller jeter un œil à votre voiture. Il devrait être là dans une heure environ. Trouvez-vous une occupation, pendant ce temps. Moi, j'ai du travail.

— Delaney...

Bien qu'il ait mis en doute sa parole, elle lui était redevable de tout ce qu'il faisait pour elle. Et elle honorait toujours ses dettes.

— J'imagine qu'il ne vous est pas facile de classer vos notes avec une seule main. Je peux vous aider.

Il ne voulait pas l'avoir dans ses jambes. C'était la règle numéro un. Mais, vu les circonstances, il ne s'en sortirait pas tout seul. S'il la tenait à l'œil, elle pourrait lui être utile.

— Vous savez taper sur un clavier ?

— Oui.

Il fronça les sourcils en regardant ses mains.

— Bon,… Asseyez-vous. Et ne touchez à rien, ajouta-t-il en quittant la pièce.

Il revint avec un ordinateur portable.

— Avec la batterie, nous avons quelques heures devant nous. J'ai un générateur de secours, mais nous n'en aurons pas besoin.

Il le posa sur la table et tenta maladroitement de l'ouvrir.

— Laissez-moi faire.

— Mais ne faites rien d'autre, ordonna-t-il en repartant.

Il revint, bataillant avec une boîte. Il grogna quand elle voulut la prendre.

— Je vais y arriver, bon sang... Cessez de me traiter comme un handicapé.

Elle se rassit, les mains jointes posément tandis qu'il fouillait dans la boîte tout en marmonnant.

— Vous vous contenterez de taper le texte. Je ne veux pas de commentaires, ni de questions.

Il déversa sur la table un tas de papiers, de coupures de presse, de photos et de carnets, et les étala d'un geste.

— Il faut ouvrir le fichier.

Toujours assise, les mains jointes, elle resta sans réaction.

— Je croyais que vous saviez taper.

— C'est le cas. Mais comme vous ne voulez pas qu'on vous pose de questions, je ne peux pas vous demander le nom du fichier à ouvrir et le logiciel concerné.

Il grogna de nouveau, puis, se penchant par-dessus son épaule, commença à frapper les touches du clavier. Son nez frôlait presque ses cheveux — ce qui l'embarrassait. C'était doux, brillant et odorant. Suffisamment féminin pour éveiller ses sens. Les sourcils dressés, il se concentra sur sa tâche.

Elle tourna alors la tête. Sa bouche frôla la sienne. Ils s'écartèrent dans un sursaut. Il lui décocha un regard furibond et enfonça sa main valide dans la poche de son pantalon.

— Voilà. Maintenant, il faut que vous descendiez tout en bas du fichier.

Elle s'exécuta avec efficacité.

Prudent, cette fois, il prit soin de la contourner pour aller chercher ses lunettes de lecture et les notes dont il avait besoin.

Ses yeux, songea-t-elle, paraissaient plus verts, plus intenses encore, derrière ses grosses lunettes.

— Des végétaux ont été retrouvés avec les ossements, commença-t-il. Vous comptez vous tourner les pouces ou quoi ? ajouta-t-il d'un air menaçant.

Elle ravala une remarque acerbe — elle ne s'abaisserait pas à son niveau — et fit courir ses doigts sur le clavier.

— Il est probable que les fruits, comme la pulpe de figues de Barbarie, conservées dans des coques, étaient des offrandes pour le mort. Un certain nombre de pépins ont été retrouvés dans la région stomacale de squelettes intacts. Il se peut que ces espèces végétales proviennent d'Amérique centrale ou du Sud.

Sa voix était presque mélodieuse, l'attirant dans un univers mystérieux qu'elle commençait à entrevoir. Elle se représentait ces gens qui avaient voyagé et s'étaient installés au bord d'un plan d'eau, qui avaient élevé leurs enfants, soigné leurs malades et enterré leurs morts dans une terre grasse et tourbeuse.

— Des châtaigniers ? répéta-t-elle en se tournant vers lui. A partir de simples échantillons de pollen, vous pouvez dire qu'il y avait des châtaigniers là-bas, neuf mille ans en arrière ? Mais comment est-ce possible ?

— Ecoutez, je ne suis pas en train de donner un cours.

Il vit s'éteindre la flamme qui brillait dans ses yeux.

— O.K. Il y a douze pieds de tourbe, et il a bien fallu onze mille ans depuis la dernière période glaciaire pour que la terre atteigne son niveau actuel.

Il fouilla parmi ses papiers et en tira des photos et des croquis.

— Vous prélevez des échantillons, à différentes profondeurs, et vous les analysez. Cela vous donne des indications sur le type de végétation dans la région. Ainsi que sur le climat.

— Sur le climat ?

— Oui, grâce à la végétation. Selon les strates. Froid, chaud, froid, chaud.

Il tapota les croquis.

— Nous raisonnons en millénaires. Nous évoquons de nombreuses variations climatiques. Feuilles, graines, pollen tombés dans l'eau : la tourbe les a conservés. Celle-ci crée une atmosphère anaérobique — elle chasse l'oxygène, autrement dit. Et qui dit absence d'oxygène dit absence de bactéries, de moisissure, et donc un ralentissement de la décomposition.

— Pourquoi enterraient-ils leurs morts dans la vase ?

— Peut-être pour des raisons religieuses. Il y a un gaz qui s'évapore des marais, le méthane. Cela devait suffire à créer l'illusion — si vous croyez à ce genre de trucs — que l'eau respirait. Avec la mort, on ne respire plus.

— Alors, ils ont choisi cet endroit pour que leurs morts respirent. C'est beau.

— Oui, ou peut-être parce qu'il était plus facile, sans pelles, de creuser un trou dans la vase.

— Je préfère la première explication, dit-elle en lui décochant un superbe sourire.

— Sans doute, dit-il, sentant sa gorge devenir sèche, subitement.

Il se tourna pour se verser du café. Et il resta perplexe en ne voyant plus la cafetière.

— Elle est dans l'autre pièce, dit-elle. Voulez-vous que j'en refasse ?

— Oui, ce serait bien...

54

Il voulut jeter un œil à sa montre, mais se rappela qu'il ne la portait pas.

— Quelle heure est-il ?

— Il est onze heures passées.

Resté seul, il arpenta la pièce, puis s'arrêta pour parcourir ce qui venait d'être retranscrit. Il était bien obligé d'admettre que le travail progressait bien plus vite que s'il s'était débrouillé seul, avec une seule main.

Quelques semaines à ce rythme et il aurait rédigé son rapport — la tâche la plus pénible de toutes — sans avoir négligé les comptes rendus de laboratoire et le catalogage.

Les médecins estimaient qu'il en avait encore pour quatre semaines. Mais ce pronostic lui paraissait légèrement optimiste.

Il lui faudrait évidemment louer les services d'une dactylo. Mais il ne supportait pas d'avoir quelqu'un dans les jambes. Il préférait encore investir dans un système de reconnaissance vocale.

— Le café sera prêt dans quelques instants.

Camilla se rassit et plaça ses doigts sur le clavier.

— Où en étions-nous ?

Fixant la fenêtre du salon, il reprit à l'endroit précis où il s'était interrompu. Au bout de quelques minutes, il avait déjà oublié sa présence. Il évoquait les thèmes de la pêche et des jeux quand un bruit de pneus se fit entendre. Perplexe, il ôta ses lunettes, et se rembrunit à la vue du camion rouge qui bringuebalait le long du chemin.

Diable, qu'est-ce qui amenait Carl ici ?

— C'est le remorqueur ?

Il cligna des yeux et se tourna vers elle. Une vague irritation l'envahit quand son esprit bascula de nouveau dans le présent.

— Oui.

Carl était gros comme un hippopotame et respira bruyamment en s'extirpant de la cabine. Il ôta sa casquette, gratta son crâne dégarni et fit un salut de la tête quand Del sortit de la maison.

— Salut, Del.

— Salut, Carl.

— Comment vont tes parents ?

— Bien, aux dernières nouvelles.

Carl loucha derrière ses lunettes en apercevant Camilla.

— C'est votre voiture, sur la route, mademoiselle ?

— Oui. Vous avez pu la sortir du fossé ?

— Non, je l'ai simplement examinée. Il y a un phare cassé, le carter est bousillé, et le pneu avant gauche est raplapla. Vous avez dû braquer à mort. Il faut que je remplace tout ça.

— Je vois. Quand sera-t-elle prête ?

— Je dois commander les pièces. Ça ne devrait pas prendre plus de quelques jours.

— Oh... Bien.

— Le remorquage, les pièces, la main-d'œuvre, ça va vous coûter dans les trois cents dollars.

Trois cents dollars, c'était vingt fois ce qu'elle avait en poche !

Cet accident, songea-t-elle, allait la ruiner. Elle ne pouvait pas contacter l'agence de location, n'étant pas enregistrée dans leurs dossiers... Il ne lui restait plus qu'à téléphoner à sa famille pour se faire envoyer de l'argent. Mais le simple fait d'envisager cette éventualité lui donnait l'impression d'avoir échoué.

Devant son silence, Carl reprit :

— Je peux me contenter de cent dollars pour le moment. Vous paierez le solde quand le travail sera fini.

— D'accord. Excusez-moi, je vais chercher mon portefeuille.

« Je trouverai coûte que coûte une solution », se dit-elle en retournant dans le chalet.

Mais son estomac se noua quand elle rassembla les cent dollars. Manquer d'argent était terriblement humiliant !

Cent quatre-vingts dollars et de la petite monnaie, songea-t-elle, rangés dans un portefeuille qui avait coûté plus du double...

Del était dans la cuisine, occupé à parcourir d'autres notes.

— J'ai pensé que le dépanneur pourrait me déposer en ville, dit-elle.

— Il est parti.

— Parti ?

Elle se précipita à la fenêtre.

— Où ?

— Récupérer votre voiture.

— Mais je ne l'ai pas encore payé.

— Il a mis ça sur mon compte. Allez-vous nous servir ce café, oui ou non ?

— Sur votre compte !

Piquée dans son orgueil, elle se raidit.

— Mais j'ai l'argent !

— Parfait. Vous me réglerez quand votre voiture sera réparée. En attendant, je voudrais bien de ce fichu café.

Il s'empara d'une tasse et s'éloigna. Elle le pourchassa.

Il fit mine de l'ignorer, se lançant dans une entreprise périlleuse : retirer du feu la cafetière, la porter jusqu'à la table, se verser du café, la rapporter puis soulever sa tasse.

Elle frémissait de colère, nota-t-il. Manifestement, ce n'était pas dans ses habitudes d'être redevable. Ni d'être étranglée financièrement. Il y avait de l'argent quelque part — comme le révélait le fin mécanisme suisse attaché à son poignet, qui devait à lui seul valoir quelques milliers de dollars. Mais pour le moment, son portefeuille était vide.

C'était une énigme, mais ce n'était pas son affaire.

Il s'était senti concerné — réaction inhabituelle chez lui — quand il avait lu de l'inquiétude sur son visage. Il avait admiré la façon dont elle avait aussitôt recouvré le contrôle de ses émotions : elle n'avait pas pleurniché ni papilloté des cils, ou encore joué de son physique pour amadouer Carl et obtenir un meilleur prix.

Elle était foncièrement honnête. Et ça, c'était quelque chose qu'il respectait.

Une idée lui traversa soudain l'esprit. Il pourrait l'aider financièrement et résoudre en même temps son problème, sans que ni l'un ni l'autre se sente mal à l'aise.

— Je considère que vous avez gagné vingt dollars ce matin, lui dit-il. Cela fait dix dollars de l'heure. Voilà ce que je vous propose pour le travail de saisie. Et vous pourrez me dédommager pour le gîte et le couvert en faisant le ménage et la cuisine. Si Carl a évoqué deux ou trois jours, comptez plutôt sur quatre. Ce qui vous suffira pour payer la réparation.

Elle le regardait fixement, assimilant le sens de sa proposition.

— Vous voulez que je travaille pour vous, que je… fasse le ménage ?

— C'est ce que vous avez fait jusqu'à présent, non ? Vous avez un toit, moi je gagne du temps dans mon travail, et nous sommes quittes au terme de ce délai.

Elle se détourna.

« Si les médias voyaient ça ! songea Camilla en ravalant un fou rire. Camilla de Cordina récurant le sol, réchauffant des boîtes de soupe et transcrivant des notes, en échange d'un toit au-dessus de sa tête ! »

Elle voyait déjà les gros titres.

Il lui fallait plisser les yeux et se mordre les lèvres afin de ne pas trahir son hilarité.

Bien sûr, elle ne pouvait pas accepter. Mais… que c'était délicieux ! Et tellement inattendu ! N'était-ce pas précisément ce qu'elle recherchait ?

Pas de télévision, pas de journaux avec son image partout… Un travail intéressant dans une jolie région qu'elle ne connaissait pas… Apprendre des choses qu'elle trouvait infiniment plus excitantes que tout ce qu'elle avait étudié à l'école ou à l'université… Avoir l'assurance d'être reconnue pour ses mérites, et non pour ce qu'elle représentait — et plus important que tout, *parce que c'était son choix.*

Non, il lui était impossible de refuser ce cadeau du ciel.

— Je suis heureuse d'accepter.

— Marché conclu. Je vais mettre le bloc électrogène en marche, au cas où nous n'aurions toujours pas d'électricité.

4.

Une heure plus tard, après avoir soumis le chalet à un examen approfondi, Camilla se fraya un passage jusqu'à la remise. Elle s'était munie d'une longue liste.

— Il nous faut des provisions.

— Donnez-moi cette fichue clé.

Elle la ramassa, et se considéra comme un être supérieurement civilisé pour ne pas lui en assener un coup sur la tête.

— Votre maison est un cauchemar. Je vais avoir besoin de produits de nettoyage... De préférence chimiques, pour une efficacité maximale. Et si vous voulez un repas digne de ce nom, j'ai besoin de remplir le frigo. Il faut que vous alliez faire des courses en ville.

Il pressa le bouton de mise en marche. Et il n'obtint rien d'autre qu'un gémissement du groupe électrogène.

— Je n'ai pas le temps de me rendre en ville.

— Si vous voulez avoir le ventre plein et dormir dans des draps propres, vous trouverez le temps.

Il cogna l'appareil avec sa clé, puis lui décocha trois vigoureux coups de pied. Accoutumée aux accès de fureur de ses frères lorsque de simples objets inanimés leur résistaient, Camilla ne s'en émut pas. Elle se contenta de rester où elle était, sa liste à la main.

Lorsqu'il eut fini de maudire l'appareil, elle inclina la tête.

— Je me suis toujours demandé pourquoi les hommes emploient des qualificatifs féminins particulièrement orduriers, quand ils sont aux prises avec des machines récalcitrantes.

— Parce que cela leur va comme un gant.

Il se pencha, martela le bouton et poussa un grognement de satisfaction lorsque le groupe électrogène éructa pour se mettre en marche.

— Maintenant que vous avez réalisé cet exploit, vous voudrez bien vous laver avant d'aller faire les courses.

Il prit la clé et la soupesa dans sa main en regardant Camilla d'un air pensif.

La signification de ce geste ne pût lui échapper. Elle se contenta de lever le menton.

Il jeta l'outil par terre, s'empara de la liste des commissions en la maculant de mazout avec ses doigts.

— Je déteste les femmes autoritaires.

— Je ne supporte pas les hommes grossiers. Il faudra bien vous y faire, puisque c'est moi, actuellement, qui lave vos sous-vêtements.

Del découvrit rapidement que faire les courses écourtait considérablement sa journée. Il s'arrachait les cheveux avec la moitié des articles de la liste.

Bon sang, c'était quoi, au juste, le cerfeuil ? Et pourquoi fallait-il qu'il soit frais ?

Pourquoi voulait-elle deux douzaines d'œufs ?

Et dix litres d'eau de javel ?

Peut-être envisageait-elle de l'empoisonner, songea-t-il en retournant au chalet. Elle avait l'air suffisamment en colère pour le faire, derrière cette façade froide et condescendante qu'elle avait tendance à afficher.

Elle avait tout à fait le genre de visage à faire ramper un homme. Et si on ajoutait à cela sa voix, et ses jambes interminables, on obtenait... *une femme dangereuse.*

Il commençait à regretter de s'être soucié de son sort.

Mais il savait comment s'y prendre avec ce genre de beauté fatale. Et après tout, elle n'était qu'une auxiliaire, au même titre que son ordinateur. Il prendrait le large en dehors des heures de travail, surveillerait ses mains et ferait de son mieux pour la considérer comme... une entité non sexuelle.

Lorsqu'il approcha du chalet et la vit sortir en courant, son cœur s'arrêta de battre. Une « entité non sexuelle », vraiment ? Une « auxiliaire » ?

Elle rit, le visage radieux, en ouvrant la portière. Et elle commença à décharger les sacs de provisions.

— L'électricité est revenue. Je n'aurais jamais pensé que le simple fait d'appuyer sur un interrupteur me ferait autant plaisir. Cela dit, le téléphone ne marche toujours pas, mais je suis sûre que cela ne va pas tarder.

Il prit un sac sur l'épaule et lui emboîta le pas. Elle marchait au milieu des gravats et de la saleté comme si elle glissait sur le parquet ciré d'une salle de bal.

— Vous comptez nourrir un régiment, au cours des prochains jours ?

— Oh, arrêtez de faire votre grincheux !

Elle le congédia d'un geste de la main et entreprit de vider les sacs.

— Je vous prépare un sandwich dès que j'ai fini de ranger tout ça, reprit-elle.

Il le mangea avec appétit, son humeur s'améliorant à mesure qu'il parcourait la prochaine liasse de notes à retranscrire. Une fois qu'il eut fini, il s'attela à la tâche et lui dicta le texte pendant trois heures. Elle l'interrompait ici ou là, mais ses questions ne l'agaçaient plus autant.

Pour tout dire, c'étaient des questions pertinentes, qui le poussaient à réfléchir. Il donnait des cours de temps en temps, bien que ce ne fût guère son activité favorite. Il devait reconnaître que la majorité de ses étudiants n'avaient pas une compréhension aussi rapide qu'elle.

Il se surprit à étudier la courbe gracieuse de son cou. Mortifié, il détourna le regard, replongea le nez dans ses notes et oublia la jeune femme.

Camilla, de son côté, savait qu'il l'avait regardée, comme elle savait qu'il l'avait chassée de son esprit.

Il se trouvait qu'elle aimait sa manière d'être avec elle. L'intérêt qu'il lui portait, l'agacement qu'il montrait parfois, et cette faculté de concentration qui lui permettait de s'abstraire de son environnement...

L'intérêt qu'il éprouvait pour elle n'avait rien à voir avec sa position et ses origines. Quant à l'agacement qu'elle percevait chez lui, c'était parfaitement rassurant. Il la voyait comme une femme. Pas comme une image ou une personnalité de haut rang. Et ses facultés de concentration la séduisaient autant qu'elles la stimulaient.

Lorsqu'il marqua un arrêt suffisamment long, elle remua ses épaules pour les dénouer et lui sourit.

— Cela vous dérangerait-il si nous faisions une pause ?

Elle le vit revenir au temps présent, et sentit son regard se poser sur elle alors qu'elle se levait pour s'étirer.

— Je n'ai pas terminé, dit-il.

— Nous pouvons reprendre après le dîner, si vous voulez. Je ferais volontiers une promenade avant de m'en occuper. Cela vous arrive-t-il de vous promener dans les bois, Del ?

Il y avait un léger soupçon d'invite dans sa voix. Il en était absolument certain.

— Allez-y. J'ai des choses à faire.

Il rassembla d'autres feuillets, lui signifiant qu'elle pouvait s'absenter quelques instants et attendit qu'elle soit dans la remise pour crier :

— Attention aux serpents !

La légère hésitation qu'il perçut dans son pas lui procura une intense satisfaction.

Il se réveilla au beau milieu de la nuit, les côtes endolories et l'esprit brumeux.

Il avait encore rêvé d'elle ! Cette fois, ils se trouvaient dans le salon. Elle était assise devant l'ordinateur, entièrement nue.

Il demeura étendu un moment, attendant que la douleur se calme et que ses sens s'apaisent.

Il ne la toucherait pas. Pas même une fois. Pourtant, rien n'aurait été plus facile. Un doigt glissant le long de cette jolie nuque alors qu'elle tapait sur l'ordinateur… Un frôlement de mains alors qu'elle lui passait le sel…

Rien de plus facile, mais il ne l'avait pas fait.

Néanmoins, il continuait à y penser, et cela le rendait nerveux.

D'autant qu'elle flirtait avec lui. Il avait ignoré ou esquivé des avances assez souvent pour en reconnaître les signes. Surtout quand les manœuvres d'approche étaient évidentes.

Il y avait eu des étudiantes — ou bien l'éternelle groupie qui rôdait sur le chantier — qui avaient bien tenté de le séduire. D'après lui, c'est parce qu'elles s'étaient créé, pour la plupart, une image romantique de la profession. Probablement à cause du film *Indiana Jones*.

Il repoussait ces avances, ou succombait, selon son emploi du temps et selon la femme en question. Et lorsque la relation menaçait de prendre un tour sérieux, il s'arrangeait toujours pour fuir ce genre de complications. Son invitée du moment respirait les complications à plein nez, et donc la bagatelle était exclue.

Le mieux était de lui trouver une chambre en ville. Et de la conduire là-bas sans tarder.

Puis il songea à la pile de feuillets soigneusement retranscrits, et son agacement décrut. Elle travaillait merveilleusement bien. Non seulement elle l'aidait à s'y retrouver dans ses notes, mais ses questions, sa curiosité, et ses capacités d'organisation lui permettaient de fournir un travail considérable. Ce que, du reste, il se garderait bien de lui dire.

Il songea au repas qu'elle avait déposé sur la table. Il n'avait pas la moindre idée de ce qu'elle avait pu faire à ce pauvre poulet, mais elle l'avait transformé en festin.

Il commençait à réviser l'image qu'il s'était forgée d'elle : celle d'une femme capricieuse qui délaissait son mari ou son amant. Elle était bien trop efficace, trop débrouillarde pour être le genre de fille qui ne sait rien faire d'autre que mener un homme par le bout du nez.

Ce qui était une bonne chose, car fantasmer sur la femme d'un autre, c'était presque comme coucher avec elle. Et cela figurait sur sa petite liste des règles inviolables.

S'il se débarrassait d'elle, non seulement il retournerait à la case départ, mais il lui faudrait aussi reconnaître qu'il était incapable de résister à ses charmes. Et s'il reconnaissait une telle chose, où allait-il ?

Renonçant à creuser le sujet, il se leva — se souvenant in extremis de passer un pantalon — et longea le couloir jusqu'à la salle de bains. Il ne remarqua pas les carreaux étincelants ni les serviettes propres, pas plus que la mousse et les traces d'humidité sur le carrelage. Mais un léger parfum s'imposa à lui, parce qu'il s'agissait de son parfum à elle.

Tous les muscles de son corps réagirent.

D'un geste brusque, il ouvrit l'armoire et prit ses antalgiques. Puis il les reposa. Ces fichus comprimés l'abrutissaient complètement. Il ferait mieux de prendre une poignée de ces cachets vendus sans ordonnance avec un peu de whisky.

En descendant, il entendit sa voix, tel un agréable murmure, s'échapper de la cuisine. Les yeux plissés, il s'arrêta, et tendit l'oreille. Il ne distinguait pas ses paroles, mais sa voix était douce, emplie d'affection. Il serra les dents.

Diable, à qui parlait-elle ?

Il s'approcha et intercepta la fin de sa conversation.

— Je t'aime aussi. Bonne nuit.

Le léger clic du combiné précéda de peu le moment où il alluma.

Elle trébucha en arrière, étouffa un cri et porta ses mains à la bouche.

— Mon Dieu ! Vous m'avez fait peur !

Elle laissa un soupir frémissant s'échapper de ses lèvres

— Vous m'avez fait peur..., répéta-t-elle.

— Qu'est-ce que vous faites là, dans le noir ?

Elle s'était glissée discrètement hors de sa chambre et, constatant que le téléphone fonctionnait de nouveau, avait téléphoné chez elle. Elle n'avait pas allumé et avait pris garde de parler tout bas, afin d'éviter toute explication.

— La ligne téléphonique est rétablie.

— Oui..., répondit-il. Mais vous ne répondez pas à ma question.

Elle redressa les épaules, haussa le menton.

— Je ne savais pas que j'étais censée rester dans ma chambre comme un petite fille après l'extension des feux, répliqua-t-elle. Vous dédommageant pour le gîte et le couvert, je pensais être libre de circuler dans la maison et de faire usage des appareils.

— Je me fiche éperdument que vous dansiez un tango au clair de lune ou ce que vous voulez. Je veux seulement savoir pourquoi vous chuchotez au téléphone dans le noir.

Elle lui délivra la vérité d'un ton glacial.

— Je n'arrivais pas à dormir. Je suis descendue pour boire un verre et j'en ai profité pour vérifier la ligne téléphonique. Voyant qu'elle fonctionnait, j'ai passé un coup de fil. Ne vous inquiétez pas, je vous rembourserai la communication. Si mon portable marchait dans… ce trou perdu, je n'aurais pas songé à utiliser le vôtre. Et avoir la courtoisie de ne pas faire de bruit quand une autre personne dort, cela n'a rien à voir avec le fait de « rôder ».

C'était une réponse sensée. Alors il acquiesça, lentement.

— Bien. Si vous voulez prévenir votre mari ou votre petit copain, faites-le. Mais ne rôdez pas dans la maison comme une voleuse.

Ses joues s'embrasèrent, ses yeux jetaient des flammes.

— Je ne « rôdais » pas, et je n'ai pas de mari. Si vous voulez tout savoir, je parlais à ma mère pour la rassurer sur mon sort. L'inquisition est terminée ?

Prodigieusement irrité par le sentiment de n'être qu'un sombre idiot, il préféra s'abstenir de répondre et se dirigea vers le placard pour y prendre de l'aspirine.

— J'aurais dû m'en douter !

Avec un soupir impatient, elle attrapa un verre et y versa de l'eau.

— Vous êtes encore plus insupportable quand vous souffrez. Tenez.

— Non, pas d'eau.

Il la contourna pour s'emparer de la bouteille de whisky.

— Prenez-les avec de l'eau, sinon vous allez gâter le goût du whisky.

Elle saisit un autre verre et y versa trois bons doigts d'alcool.

— J'imagine que cela vous soulage. C'est votre épaule ou ce sont les côtes qui vous font mal ?

— Les côtes, surtout.

— Je suppose que c'est d'autant plus douloureux qu'elles sont en train de se ressouder. Pourquoi ne vous asseyez-vous pas ? Je pourrais vous préparer un pain de glace.

— Je n'ai pas besoin d'une infirmière.

— Cessez donc de faire votre mauvaise tête.

66

Elle remplit un sac en plastique avec des glaçons, puis l'enveloppa dans un torchon.

— Asseyez-vous et buvez votre whisky. Parlez-moi des fouilles que vous avez conduites par le passé. A l'autre bout du monde, par exemple. Quelque chose d'exotique...

Elle avait l'impression d'entendre sa mère. Cela l'amusait de voir qu'elle adoptait le ton enjoué que celle-ci prenait avec ses enfants, lorsqu'ils étaient malades, pour les apaiser et les distraire.

— Laissez-moi, dit-il sans conviction, avant de s'asseoir comme elle le lui avait demandé.

— Quand j'ai rangé la maison, j'ai vu qu'il y avait des lettres adressées à M. le Professeur Caine. Vous m'impressionnez.

Elle s'assit à son tour, pressant le torchon contre sa joue.

— Où avez-vous étudié ?

Del remarqua alors qu'elle portait une chemise de nuit d'une teinte cuivrée. Il supposa qu'elle était de soie, et à la façon dont elle retombait sur son corps, il devina que la jeune femme ne portait rien ou presque en dessous. Il ferma les yeux et laissa le whisky couler le long de sa gorge.

— A Oxford.

— Vous m'impressionnez encore plus. Professeur Delaney Caine, diplômé de l'université d'Oxford. Comment avez-vous su que vous seriez un jour archéologue ?

— Chaque fois que je me rendais sur un site archéologique avec mes parents, je voulais tout savoir : où, quand, comment, pourquoi. Et surtout « qui ».

— Vos parents étaient aussi archéologues ?

— Non, paléontologues.

Il garda les yeux fermés, sachant qu'avec de la volonté et du whisky, il viendrait à bout de la douleur.

— Mais le plus excitant pour moi, ce sont les objets humains. Fragments de poterie, outils, armes. Quelque chose qui révèle le passage de l'homme.

Il siffla entre ses dents quand elle posa le torchon frais contre ses côtes.

— Mes frères ont tous traversé une phase de fascination pour les dinosaures. C'est le cas de tous les petits garçons, je suppose.

Camilla vit la tension s'effacer progressivement de son visage à mesure que la glace agissait.

— Vos parents ont-ils été déçus que vous ne suiviez pas leurs traces ?

— Pourquoi l'auraient-ils été ?

Il se détendait peu à peu. Un hibou hulula longuement dans les bois. Le parfum de la jeune femme l'enveloppait comme une douce caresse.

— Parce qu'il s'agissait d'une rupture avec la tradition familiale. C'est si rassurant, n'est-ce pas, d'avoir des parents qui comprennent qu'on ait besoin de chercher sa propre voie... Certains d'entre nous tardent à le faire, redoutant l'échec ou la désapprobation.

Elle constata qu'il était à présent détendu, prêt à glisser dans le sommeil. Même à moitié somnolent, il conservait tout son pouvoir de séduction. Peut-être était-ce dû aux reliefs de son visage ou à sa barbe naissante. Quoi qu'il en soit, elle sentait une pointe de désir s'insinuer en elle tandis qu'elle l'observait à son insu.

Puis ses yeux s'ouvrirent, et son visage s'approcha du sien. Elle recula légèrement, mais il y avait quelque chose dans ses yeux si intensément verts qui l'incita à tester son pouvoir.

Elle demeura proche, très proche, et leva une main enjôleuse pour sentir ses joues rugueuses sous sa main.

— Vous avez besoin de vous raser, professeur Caine.

— Ça va comme ça... Laissez-moi, maintenant.

— Se raser d'une seule main ne doit pas être facile.

Elle laissa son doigt errer le long de sa mâchoire.

— Je pourrais le faire pour vous demain matin, poursuivit-elle.

— Je ne veux pas être rasé, et je n'aime pas que vous me touchiez.

68

— Oh, bien sûr que vous aimez que je vous touche...

Ce désir qui jaillissait au creux de son ventre ne pouvait pas être à sens unique.

— Vous avez peur, et cela vous irrite de voir que je n'ai pas peur de vous.

Il saisit son poignet, ses doigts étreignant les siens en guise de menace.

— Si vous n'avez pas peur, c'est que vous êtes stupide !

Il la considéra d'une manière délibérément insultante.

— Nous sommes seuls ici. Je n'ai peut-être qu'un bras valide, mais si jamais l'envie me prenait, vous seriez à ma merci.

Elle sentit un frisson lui parcourir l'échine. Non pas un frisson de peur, mais de colère. Personne n'avait jamais posé ses mains sur elle sans son consentement.

— Vous faites erreur. Je ne suis pas une faible femme sans défense. Je suis pleine de ressources !

Il resserra son étreinte autour de son poignet, conscient que ses doigts y laisseraient leurs empreintes. C'était une mise en garde. Pour leur bien à tous deux.

— Vous êtes une femme, et je pèse cinquante kilos de plus que vous. Beaucoup d'hommes utiliseraient cet avantage pour abuser de vous. Que vous leur plaisiez ou non. Moi, je suis différent, et de toute manière, vous ne me plaisez pas.

— Vraiment ?

Elle fit de son mieux pour maîtriser sa colère et recouvrer son calme.

— C'est réciproque.

Elle s'écarta et dégagea son bras de son emprise. Elle vit un éclair passer dans ses yeux. Soulagement ou mépris ? Quoi qu'il en soit, cela remit le feu aux poudres.

— Vous mentez.

Et, perdant tout empire sur elle-même, elle enfonça ses deux mains dans ses cheveux et plaqua sa bouche sur la sienne.

Une sensation de pure satisfaction l'envahit lorsqu'elle sentit la respiration de Del s'accélérer. Elle épousa son rythme, jouant de ses lèvres et de sa langue pour s'enivrer de la saveur de sa bouche.

Et alors que cette saveur la pénétrait, déclenchant en elle une vague inattendue de chaleur, une autre réaction se produisit.

Une lente désintégration.

Elle émit un petit son, surprise et plaisir mêlés, et se glissa plus profondément en lui.

Sa bouche était âpre, son visage rugueux et ses cheveux épais comme du vison. Elle sentit sa main se refermer sur sa nuque. Leurs dents, leurs langues entrèrent en contact. Une seule pensée occupait son esprit : *Donne-moi, donne-moi plus encore...*

Sous l'effet de la douleur et de l'alcool, les réflexes de Del s'étaient émoussés. C'était la seule excuse qu'il pouvait invoquer pour n'avoir pas tenté de la repousser. Et il n'était qu'un être de chair et de sang. C'était la seule raison qui puisse justifier cette main impérieuse refermée sur son cou.

Les légers bruits qu'elle émettait l'excitaient, l'incitant à approfondir un baiser jusqu'à la limite du supportable. Il voulait l'engloutir d'une bouchée vorace. Elle lui était soudain plus nécessaire que son propre souffle.

Il remua, cherchant à passer son bras invalide autour d'elle. Une douleur fulgurante le traversa.

— Ecartez-vous.

L'air ne pénétrait plus dans ses poumons, et la tête lui tournait. Il se maudit, conscient que le violent désir qu'il ressentait entrait autant en jeu que la douleur qui le submergeait.

— Laissez-moi vous aider...

— Ecartez-vous, je vous dis.

Il renversa sa chaise en voulant se lever. Sa vision se brouilla, ses genoux tremblèrent, et ce moment de faiblesse ne fit qu'accroître sa colère.

— Si vous voulez une petite partie de jambes en l'air, allez voir ailleurs. Je ne suis pas preneur.

Il quitta le chalet rageusement, les portes claquant derrière lui comme une salve.

Camilla avait terriblement honte d'elle-même.

Elle avait à peine fermé l'œil de la nuit, mortifiée chaque fois que la scène défilait dans son esprit.

Elle s'était jetée à sa tête, elle s'était imposée. Et peu importait qu'elle se soit sentie à la fois insultée, en colère et excitée. Si un homme s'était comporté comme elle, elle aurait été la première à le condamner.

Elle l'avait obligé à l'embrasser, tirant profit de son état de faiblesse. C'était de la folie, de l'inconscience…

Elle devait impérativement lui présenter ses excuses et faire amende honorable. S'il la mettait à la porte, elle le comprendrait parfaitement.

Elle espérait toutefois qu'il ne recourrait pas à cette mesure extrême.

Il s'agissait peut-être d'un ridicule stratagème féminin, mais elle se rendit très tôt dans la cuisine, et entreprit de lui préparer un délicieux petit déjeuner dans l'espoir de l'amadouer.

Il se pouvait, bien sûr, qu'elle soit amenée à transformer ce petit déjeuner en repas de midi, dans la mesure où il n'était rentré qu'à trois heures du matin. Lorsqu'elle l'avait entendu gravir les marches, elle avait bloqué sa respiration, s'attendant presque à le voir débouler dans sa chambre pour la sortir du lit et la jeter dehors manu militari.

Non qu'il eût résisté à ses avances, se rappela-t-elle en sentant la honte la submerger de nouveau. Il avait pris sa bouche comme un homme qui meurt de faim. Et s'il ne s'était pas fait mal, qui sait ce qui aurait pu se produire…

Il valait mieux ne plus y penser, se dit-elle. Le café était prêt, ainsi que le jus de fruits. Elle avait préparé une pâte à crêpe et une compote de pommes à la cannelle, et prévu une copieuse tranche de jambon de pays. Si seulement l'ours voulait bien sortir de sa tanière…

Quelques minutes plus tard, les craquements qu'elle entendit au-dessus de sa tête l'informèrent qu'il s'était levé et s'apprêtait à descendre. Elle dût essuyer ses paumes moites avant de s'activer aux fourneaux.

A force de ressasser la scène de la veille, Del était d'une humeur massacrante. Une part de lui-même en voulait terriblement à cette femme, pour l'avoir mis dans une telle situation. Une autre part considérait sa propre réaction avec une incrédulité horrifiée.

Une jolie femme s'offrait à lui avec une liberté et une sensualité renversantes. Une femme splendide, sexy et libre de toutes attaches s'était jetée sur lui au beau milieu de la nuit.

Et il n'avait rien trouvé de mieux à faire que de prendre ses jambes à son cou, comme s'il avait le diable à ses trousses.

Etait-il fou ?

Non, simplement prudent.

Des relations sexuelles sans lendemain, entre deux adultes consentants, ne lui posaient aucun problème. Mais Camilla voyait-elle les choses du même œil ?

Tout en elle respirait... *les complications.*

Sans compter qu'il n'avait pas de temps à consacrer à la bagatelle, se répéta-t-il tout en s'habillant. Il avait du pain sur la planche.

Mais cette femme avait des lèvres de déesse, songea-t-il soudain. Chaudes, ardentes, persuasives.

Il valait mieux ne plus y penser. Et réfléchir à la meilleure façon de gérer la situation. A vrai dire, l'alternative qui s'offrait à lui était celle-ci : soit il se comportait comme si de rien n'était, soit il la mettait à la porte.

La seconde solution lui semblait de loin la meilleure.

Il avait à peine descendu quelques marches qu'il huma une bonne odeur de café. Il pouvait compter sur les doigts d'une main les matins où il s'était réveillé avec l'arôme du café embaumant la maison.

Puis il identifia une odeur de viande sur le grill.

A l'instant où il pénétra dans la cuisine, elle se tourna, une tasse de café à la main. Au lieu de la lui tendre, elle la posa sur la table. Elle ne sourit pas, mais ses yeux cherchèrent les siens.

— Je voudrais m'excuser.

Le ton contrôlé de sa voix le désarçonna. Il supposa que le mieux était de ne pas répondre et de boire son café.

— Mon comportement d'hier est impardonnable, poursuivit-elle. J'ai profité de la situation et abusé de votre hospitalité. J'en suis sincèrement désolée. Il serait parfaitement justifié que vous me mettiez à la porte. J'espère que vous ne le ferez pas, mais si vous preniez cette décision, je le comprendrais.

Il l'observa par-dessus sa tasse, alors qu'elle attendait son verdict avec une attitude digne et sereine. Un poids lourd n'aurait pas tenu un round contre elle…

— Oublions cela.

— C'est très généreux de votre part.

Elle s'empara d'une fourchette et retourna la viande.

— Je voudrais vous dire que je ne m'étais jamais conduite comme ça.

Il ne put s'empêcher de repenser au baiser qu'ils avaient échangé, à ses lèvres ardentes.

— « Comme ça » ?

— Me jeter sur un homme...

Le souvenir de la veille colora ses joues, mais elle continua néanmoins à cuisiner d'une main assurée.

— Il m'est apparu ensuite que si l'inverse s'était produit... si c'était vous qui vous étiez jeté sur moi, alors que j'étais diminuée…

— Je ne suis pas *diminué* !

Agacé, il avala une grande gorgée de café.

— Quoi qu'il en soit, il m'est apparu qu'un tel acte aurait été méprisable, peut-être même condamnable, et donc…

— Nous nous sommes juste embrassés, lança-t-il, de plus en plus mal à l'aise. Ce n'est pas une affaire d'état.

Elle lui jeta un regard en coin.

— Si vous voulez bien me laisser terminer, j'étais à la fois en colère et attirée par vous — Dieu sait pourquoi —, et j'aurais dû me contrôler. Je vous sais gré d'avoir accepté mes excuses. Et maintenant, si vous acceptez de vous asseoir, je vais préparer les crêpes.

Avant même qu'elle ait eu le temps de prendre la pâte, il la fit tournoyer et, tout en la soulevant sur le point des pieds, referma sa bouche sur la sienne.

La fourchette qu'elle tenait à la main tomba sur le comptoir. Ses bras retombèrent mollement le long de son corps. C'était un assaut sublime qui la laissait tout à la fois pantelante et ardente. Alors qu'elle chancelait vers lui, il la repoussa doucement et s'éloigna.

— Voilà, nous sommes quittes à présent, dit-il avant de se rasseoir. Quel genre de crêpes, au fait ?

Sa barbe l'irritait. Cette femme aussi. Sa douleur costale le tenaillait en permanence. Sa libido aussi.

Le travail permettait d'échapper à ce genre de distractions nocives. Il avait toujours eu la faculté de se plonger dans son travail en oubliant tout le reste.

Il devait reconnaître qu'elle ne l'irritait pas autant quand elle l'aidait à retranscrire ses notes. A vrai dire, Camilla lui était une aide si précieuse qu'il se demandait comment il ferait après son départ.

Il envisagea un instant l'idée de lui extorquer une ou deux semaines supplémentaires, en faisant appel à sa gratitude.

Mais alors, ne se laisserait-il pas distraire par des détails ridicules, comme le jeu de la lumière dans ses cheveux, ou l'étincelle qui s'allumait dans ses yeux quand elle levait la tête pour lui poser une question ?

Ensuite, il commencerait à s'interroger sur elle. Qui était-elle ? D'où venait-elle ? Et pourquoi diable avait-elle atterri chez lui ?

Il détestait poser aux gens des questions personnelles. Parce qu'alors, ils devenaient intarissables.

Il se mit à réfléchir à la façon dont il pourrait, sans en en avoir l'air, lui soutirer des informations.

C'était une fille intelligente, se dit-il tandis qu'elle insérait des photos sur le site internet, pendant qu'il faisait mine d'étudier ses notes. Instruite. Il aurait parié sur une scolarité dans des établissements privés, et vu la pointe d'accent français dans sa voix, sur un enseignement complémentaire dans une institution suisse.

Quoi qu'il en soit, elle était suffisamment intelligente pour ne pas s'appesantir sur leur petit interlude érotique de la veille.

Elle s'était contentée d'acquiescer quand il lui avait déclaré qu'ils étaient quittes, désormais, et s'était mise à confectionner ses fameuses crêpes.

Il admirait cette façon de s'en retourner à la tâche comme si de rien n'était.

Elle avait de l'argent — ou elle en avait eu. Une montre suisse de prix, une robe de soie. Il n'y avait pas de doute, c'était de la soie. Il pouvait encore sentir l'étoffe glisser sur sa peau nue quand elle s'était enroulée autour de lui.

Bon sang…

Elle avait de l'argent, mais elle avait l'habitude du travail. Mieux, elle pouvait rester de longues heures à son clavier sans se plaindre. Sa frappe était précise et rapide, sa posture parfaite. Et ses mains aussi élégantes que celles d'une reine…

Cette femme avait de l'éducation. Un sens moral aigu, aussi, et un indéniable savoir-vivre.

Et elle avait une bouche incroyable.

Sans parler du reste…

Il se gratta le menton et céda à une impulsion.

— Je pourrais me raser.

Il avait lâché ces mots d'un ton désinvolte et attendait qu'elle tourne la tête vers lui.

— Pardon ?

— Me raser, répéta-t-il. Je pourrais me raser.

Interprétant cela comme une tentative de conciliation, elle sourit.

— Pouvez-vous vous débrouiller tout seul ou voulez-vous que je vous aide ?

Il fit mine de se renfrogner.

76

— Vous avez déjà rasé un homme ?

— Non, répondit-elle les lèvres pincées, en inclinant la tête. Mais j'ai vu faire mon père et mes frères. Est-ce si difficile ?

— Vos frères ?

— Oui, j'en ai deux.

Pensive, elle s'approcha et étudia son visage.

« Beaucoup de reliefs », se dit-elle. Descentes et plats. Il n'y avait rien de doux ou de simple, mais cela n'en serait que plus intéressant.

— Je ne vois pas pourquoi je n'y arriverais pas.

— C'est ma peau qui est sous la lame du rasoir, dit-il en se frottant nerveusement la joue. Bon... Allons-y.

Elle prit sa tâche à cœur. Après un temps de réflexion, elle décida que le porche était le lieu idéal pour une entreprise de ce genre. Ils bénéficieraient d'un peu d'air frais, et elle pourrait opérer des manœuvres à 360 degrés autour de sa chaise, ce qui aurait été impossible dans la minuscule salle de bains.

Elle traîna une petite table dehors et y disposa ses outils. Un bol rempli d'eau chaude, un tube de mousse à raser, des serviettes et le rasoir.

Lorsqu'il fut assis, elle lui noua une serviette autour du cou.

— Je pourrais en profiter pour vous couper les cheveux.

— Laissez mes cheveux tranquilles.

C'était difficile de lui en vouloir. Il avait une superbe chevelure qui retombait en cascade, avec de merveilleuses nuances. En tout cas, son unique tentative pour couper des cheveux — les siens, en l'occurrence — avait démontré qu'elle ne possédait aucun talent caché en la matière.

— D'accord, mais détendez-vous.

Elle posa une serviette chaude et humide sur son visage.

— J'ai vu faire ça dans des films. Je suppose que ça amollit les poils.

Lorsqu'il poussa un grognement et parut se détendre, elle contempla les bois alentours. Ils étaient si verts, si touffus, mouchetés d'ombre et de lumière. Elle pouvait entendre le chant des oiseaux, et aperçut le passage éclair d'un cardinal, telle une balle rouge dans une cible verte.

Personne ne se cachait dans ces fourrés, à l'affût du moindre de ses gestes. Il n'y avait pas non plus de gardes stoïques postés non loin d'elle pour la protéger.

La sérénité de cet instant agissait sur elle comme un baume.

— C'est une belle journée, aujourd'hui.

Inconsciemment, elle posa une main sur son épaule. Elle avait envie de partager avec quelqu'un cette merveilleuse sensation de liberté.

— Du bleu et du vert. Chaud sans être étouffant. En Virginie, nous serions déjà complètement trempés par l'humidité ambiante.

« Ah ! » songea Del. Il ne s'était donc pas trompé. Il y avait bien une pointe d'accent sudiste dans sa voix.

— Qu'est-ce qu'il y a, en Virginie ?

— Oh, ma famille... Et notre ferme.

Alors qu'elle le débarrassait de la serviette, il la scruta de ses yeux sceptiques.

— Voulez-vous me faire croire que vous êtes la fille d'un fermier ?

— Nous possédons une ferme.

Vaguement irritée, elle prit la mousse à raser. « Deux fermes, corrigea-t-elle en son for intérieur. Une dans chaque pays. »

— Mon père fait pousser du soja et du maïs. Et il a un élevage de bétail et de chevaux.

— Vous n'avez jamais travaillé la terre, avec des mains comme celles-ci.

Elle haussa un sourcil tandis qu'elle étalait la mousse.

— Il existe une merveilleuse invention qui s'appelle le tracteur. Et je sais conduire ce genre de véhicule, ajouta-t-elle, non sans agressivité.

— Difficile de vous imaginer sur un engin pareil.

— Je ne passe pas ma vie dans les champs, mais je sais reconnaître un navet d'une pomme de terre.

Les sourcils froncés, elle lui leva le menton et commença à le raser.

— Pour mes parents, nous devions, à l'age adulte, être capables d'apporter notre contribution au monde. Ma sœur travaille avec des enfants défavorisés.

— Vous avez dit que vous aviez des frères.

— Une sœur et deux frères. Nous sommes quatre, en tout.

Elle rinça le rasoir dans le bol puis lui enleva méticuleusement une nouvelle couche de mousse et de barbe.

— Que faites-vous, dans votre ferme ?

— Plein de choses, marmonna-t-elle en mesurant l'angle de la mâchoire et de la gorge.

— Et c'est ça que vous fuyez ? Hé !

Le rasoir dérapa. Elle tamponna aussitôt le sang qui s'écoulait de la blessure.

— Ce n'est qu'une légère éraflure... qui ne se serait pas produite si seulement vous vouliez bien cesser de parler. Vous ne dites rien pendant des heures, et maintenant, vous êtes intarissable.

Amusé, et surpris d'avoir touché apparemment un point sensible, Del haussa les épaules.

— Je suis peut-être un peu nerveux. Je n'ai jamais eu de femmes qui se jetaient sur moi avec un outil aussi coupant.

— Ce qui est surprenant, vu votre fichu caractère.

— Non moins surprenant que votre façon de vous présenter. J'ai du mal à vous imaginer en personnage de la *Petite maison dans la prairie*. Si vous avez grandi en Virginie, d'où viennent vos origines françaises ?

— Mes origines françaises ? De ma mère. Nous passons une partie de notre temps en Europe, et nous avons aussi une ferme là-bas... Faites ceci.

Elle recouvrit ses dents avec sa lèvre supérieure, en guise de démonstration.

Il ne put réprimer un sourire.

— Montrez-moi encore une fois comment il faut faire ?

— Et à présent, il se moque de moi !

Mais elle rit et, se glissant entre ses genoux, commença à lui raser le petit espace situé au-dessous du nez.

Il avait envie de la toucher, de promener sa main sur elle. Il avait envie de l'embrasser de nouveau. Qu'elle soit ou non celle qu'elle prétendait être.

Alors qu'elle maintenait sa lèvre en place, elle effleura sa bouche de son pouce. Son regard s'attarda sur le bas de son visage avant de chercher le sien.

Et alors, elle vit un désir brûlant dans ses yeux. Elle sentit l'aiguillon de ce désir pénétrer en elle comme une lame chauffée à blanc.

— Pourquoi y a-t-il cela entre nous, selon vous ? murmura-t-elle.

Il ne fit pas mine de ne pas comprendre.

— Je n'en ai pas la moindre idée... si ce n'est que vous êtes très appétissante.

Elle sourit presque et se détourna pour rincer le rasoir dans le bol.

— L'attirance a besoin de beaucoup plus pour se nourrir. Je ne suis même pas sûre que nous nous appréciions.

— Je n'ai rien contre vous en particulier.

— Oh, Delaney, vous êtes si romantique... Comment une femme pourrait-elle résister devant tant de délicatesse ? Tant de poésie ?

Elle rit, et sentit la tension se relâcher en elle.

— Si vous voulez de la poésie, allez la chercher dans les livres.

— Je crois que je vous aime bien, en fait. A un certain niveau, votre irascibilité me plaît.

— Seuls les vieillards sont irascibles. Etant donné que je n'en suis pas un, je suis simplement brutal.

— Je ne vous le fais pas dire ! Mais vous êtes un homme intéressant, et je trouve cela plutôt séduisant. Je suis intriguée par votre travail.

Elle lui fit tourner la tête sur le côté, puis la ramena vers elle.

— Et par la passion qui vous anime. J'étais à la recherche de la passion — pas la passion sexuelle, mais celle qui est d'ordre émotionnel ou intellectuel. Il est étrange que je la découvre ici, parmi de vieux ossements et des débris de poterie.

— Mon domaine exige plus que de la passion intellectuelle.

— Oui. Beaucoup de travail, de sacrifices, de sueur et de sang, peut-être.

Elle inclina la tête.

— Si vous croyez que tout cela m'est étranger, vous vous trompez.

— Vous ne rechignez pas à la tâche.

Elle sourit de nouveau.

— Et à présent, vous me flattez. Votre compliment me va droit au cœur.

— Et vous avez une jolie bouche... Il se pourrait bien, *à un certain niveau*, que vos sarcasmes me plaisent.

Elle passa la main sur ses joues pour en éprouver la douceur.

— Je pense que j'ai fait du bon travail, d'autant que vous avez un visage intéressant pour ne pas dire sacrément difficile à raser. Vous êtes nettement mieux sans barbe.

Elle se dirigea vers la table, et essuya ses mains.

— Je ne désire que quelques semaines pour moi-même, murmura-t-elle. Quelques semaines pour être moi-même, sans restrictions, sans responsabilités, sans obligations. N'avez-vous jamais ressenti le besoin de respirer ?

— Si.

Et quelque chose dans sa voix, quelque chose dans ses yeux, lui dit que c'était la vérité.

— On peut respirer, par ici.

Il passa une main sur son menton rasé de frais.

— Votre voiture sera probablement réparée d'ici deux ou trois jours, reprit-il. Vous pourrez partir à ce moment-là ou rester encore une semaine ou deux, à condition de laisser les choses telles qu'elles sont.

Des larmes lui montèrent aux yeux, même si elle aurait été incapable de dire pourquoi.

— Peut-être quelques jours de plus... Merci. J'aimerais en savoir plus sur votre projet. Et sur vous.

— Laissons les choses telles qu'elles sont pour le moment. Parfait, le rasage... *Camilla*.

Elle sourit en son for intérieur.

En témoignage de sa gratitude, Camilla fit de son mieux pour le laisser tranquille. Pendant un jour et demi.

Le chalet étincelait de tous ses feux, ses photos étaient légendées et ses notes manuscrites formaient à présent deux grosses piles de feuillets imprimés.

Il était temps de rompre la routine.

— Il nous faut un nouvel approvisionnement.

— Je viens à peine de le faire.

— Il y a quelques jours, et le maître mot, en cuisine, c'est la fraîcheur. Il ne nous reste plus de fruits et quasiment plus de légumes. J'ai absolument besoin de citrons, car je voudrais préparer du soda. Vous buvez trop de café.

— Sans café, je suis dans le coma.

— Il n'y en a presque plus, et à moins que vous vouliez tomber dans le coma, nous devons nous rendre en ville.

Pour la première fois depuis qu'elle lui adressait la parole, il daigna lui accorder un regard, ôtant ses lunettes pour prendre un air renfrogné.

— Nous ?

— Oui, ainsi je pourrais voir où en est ma voiture. Votre Carl ne fait que marmonner dans sa barbe quand je lui téléphone.

Elle vérifiait déjà le contenu de son sac à main, et en retira ses lunettes de soleil.

— Alors, nous nous rendons en ville.

— Je voudrais terminer ce chapitre.

— Nous pourrons le terminer à notre retour. Je serais ravie de conduire, si votre épaule vous fait trop mal.

A vrai dire, il ne souffrait quasiment plus. Il avait mis à profit les heures où il restait éveillé malgré lui dans sa chambre, en rééduquant progressivement son épaule. Ses côtes étaient toujours en piteux état, mais il allait bientôt pouvoir se passer de la bandoulière qui soutenait son bras.

— Ne comptez pas sur moi pour vous laisser conduire mon camion ! Vous avez déjà montré vos talents de conductrice.

— Je suis une excellente conductrice. Si cette stupide biche ne s'était pas…

— Je vous crois, mais oubliez mon camion, ma petite.

La connaissant suffisamment pour savoir qu'elle le harcèlerait jusqu'à obtenir satisfaction, il décida qu'il gagnerait du temps et de l'énergie en obtempérant dès maintenant.

— Je conduis, et vous vous occupez des courses.

Voyant qu'il demeurait là, l'air sombre, elle inclina la tête.

— Si vous ne vous souvenez plus de l'endroit où vous avez laissé vos clés, elles sont sur l'allumage de votre précieux camion.

— Je sais, marmonna-t-il en se dirigeant vers la porte. Alors on y va, ou pas ?

Aussi heureuse que s'il lui avait proposé un dîner en ville, elle s'empressa de lui emboîter le pas.

— Y a-t-il un grand magasin ? Je pourrais…

— Attendez.

Il s'arrêta brusquement devant la porte, si bien qu'elle buta contre lui.

— Non, il n'y a pas de grands magasins. Vous voulez des citrons, vous aurez vos citrons... Mais pas question de me traîner dans un safari shopping pour vous acheter des chaussures, des boucles d'oreilles, ou Dieu sait quoi.

— Je voudrais juste me procurer un collyre.

Il abaissa ses lunettes de soleil sur son nez et la dévisagea.

— Vous n'en avez pas besoin.

Roulant des yeux dans son dos tandis qu'il se dirigeait vers le camion, elle décida de ne pas insister sur le sujet. En tout cas, pas avant d'être arrivée en en ville. Pour le moment, il était préférable de le distraire.

— Je me demandais, commença-t-elle en se hissant à l'intérieur de la cabine, si vous pourriez m'expliquer la datation au carbone 14.

— Si vous voulez suivre des cours…

— Oui, oui, plus tard. Mais pour le moment, expliquez-moi cela en quelques mots. Je me débrouillerai mieux avec la retranscription, si je peux me représenter les choses.

Il lâcha un soupir empreint d'une lassitude infinie tandis que le camion cahotait le long du chemin pour rejoindre la grand-route.

— Le carbone se trouve partout dans l'atmosphère. Vous avez des trillions d'atomes de carbone dans un seul atome radioactif de carbone 14. Les végétaux absorbent le carbone 14, les animaux l'absorbent en…

— Mangeant les végétaux, acheva-t-elle avec une évidente satisfaction.

Il lui jeta un regard.

— Et d'autres animaux. Une fois absorbé, le carbone commence à se désintégrer. Il se régénère avec l'atmosphère ou la nourriture. Jusqu'au moment où, quel que soit l'élément ingéré, il meurt. Et pour résumer, il émet environ quinze rayons par minute, détectables au moyen d'un compteur Geiger. Le reste n'est qu'arithmétique.

La source morte perd de sa radioactivité à la vitesse de… J'ai l'impression de parler dans le vide.

— Pardon ? dit-elle en reportant son attention sur lui. Je suis désolée. C'est si beau... Je n'ai rien pu voir, pendant l'orage. Tout est si vert, si radieux. Un peu comme l'Irlande, n'est-ce pas, avec toutes ces collines ?

Elle aperçut au loin une tache argentée, probablement un plan d'eau miroitant au soleil.

— Et ce lac, et tous ces arbres magnifiques... C'est si calme, si tranquille.

— C'est ce que recherchent les gens quand ils s'installent dans cette partie du Vermont. Nous n'aimons pas le bruit et la cohue.

— Avez-vous toujours vécu ici ?

— Par intermittence.

Elle poussa un petit cri extatique tandis qu'ils approchaient d'un pont couvert.

— Oh, que c'est charmant !

— C'est surtout utile, marmonna Del.

Mais l'enthousiasme de la jeune femme était communicatif. Parfois, il oubliait simplement de regarder autour de lui, de tirer plaisir de ce petit coin de paradis où il vivait la plupart du temps.

Ils roulèrent sur le pont en direction des flèches blanches de l'église qui jaillissaient des arbres. Elle avait l'impression de vivre une histoire passionnante et authentiquement américaine, comme dans un livre. Les collines ondoyantes, les églises blanches, les maisons proprettes avec leurs pelouses tirées au cordeau… La ville elle-même, organisée méthodiquement, avec ses rues rectilignes, son petit parc et ses bâtiments de briques et de bardeaux.

Elle avait envie de flâner dans ces rues, de s'arrêter dans les boutiques, de regarder les gens profiter de l'heure du déjeuner..

Del s'arrêta sur un parking.

— Voilà le supermarché, lui dit-il en sortant son portefeuille.

Il lui tendit plusieurs billets.

— Allez faire vos courses. Pendant ce temps, je m'occupe de votre voiture. Je vous laisse une demi-heure.

— Oh, mais est ce qu'on ne pourrait pas…

— Achetez-vous un paquet de gâteaux ou ce que vous voulez, ajouta-t-il en la poussant d'un geste éloquent.

Les yeux plissés derrière ses lunettes de soleil, elle sauta à terre puis resta là un moment, les mains sur les hanches, tandis qu'il sortait du parking.

Cet homme était un véritable mufle : il lui donnait des ordres, la rudoyait, lui coupait la parole... Jamais personne ne l'avait traitée ainsi !

Bizarre, mais au fond, ce n'était pas pour lui déplaire…

En tout cas, qu'elle soit maudite si elle ne jetait pas un œil à la ville avant qu'il ne la ramène dans son trou perdu ! Redressant les épaules, elle s'éloigna, bien déterminée à faire un tour.

Cette petite ville coquette de Nouvelle-Angleterre n'abondait pas en monts-de-piété, mais elle découvrit une adorable bijouterie, avec un joli choix de pièces de seconde main. Les boucles d'oreilles, du reste, étaient extrêmement tentantes. Néanmoins, elle contrôla son envie et se réserva la possibilité d'y vendre sa montre, le cas échéant.

Puis elle déambula dans un drugstore. Elle acheta aussi de jolies bougies parfumées et quelques sachets de pots-pourris.

Un magasin d'antiquités se révéla une véritable mine de trésors. A contrecœur, elle dût renoncer à un encrier en argent et en cristal, qui aurait fait un ravissant cadeau pour son oncle Alex. Son budget, en l'état actuel des choses, ne le permettait pas, sauf si elle se risquait à utiliser sa carte de crédit.

Néanmoins, elle dénicha de charmantes bouteilles à un prix raisonnable et se jeta dessus sans l'ombre d'un remords. Elles seraient parfaites pour des bouquets de fleurs sauvages ou des branchages, et égayeraient considérablement le chalet.

L'antiquaire était une femme de l'âge de Camilla, avec des cheveux blond cendré relevés en queue-de-cheval, et des yeux bleus pénétrants qui avaient enregistré la légère hésitation de sa cliente devant l'encrier. Elle sourit en emballant les bouteilles.

— Il date du XIXᵉ siècle. C'est une belle pièce pour un collectionneur... et à un prix raisonnable.

— Oui, il est superbe. Vous avez une jolie boutique.

— Nous en sommes fiers, en effet. Vous visitez la région ?

— Oui.

— Si vous logez dans un des bed & breakfasts homologués par la ville, nous offrons une réduction de 10 % sur les achats d'un montant supérieur à cent dollars.

— Oh, intéressant. Non... non, je ne loge pas dans un bed & breakfast.

Elle jeta un regard sur le bureau où trônait l'encrier. L'anniversaire de son oncle tombait dans trois mois.

— Accepteriez-vous de me le réserver contre un petit acompte ?

La jeune femme réfléchit en jaugeant son interlocutrice.

— Vous versez vingt dollars, et je vous le garde deux semaines.

— Merci, dit Camilla en soustrayant un billet de son portefeuille.

L'antiquaire commença à remplir un reçu.

— Votre nom ?

— Mon... Breen.

— Je vais y apposer une étiquette « réservé », mademoiselle Breen. Vous pouvez venir le chercher quand vous voulez, dans un délai de deux semaines.

Camilla tritura sa montre et écarquilla les yeux en découvrant l'heure affichée.

— Je suis en retard. Delaney va être furieux.

— Delaney ? Caine ?

— Oui, je suis censée l'avoir rejoint depuis cinq bonnes minutes déjà.

Camilla rassembla ses sacs et se précipita vers la sortie.

— Mademoiselle, attendez !

L'antiquaire lui courut après.

— Votre reçu.

— Oh, désolée... Que voulez-vous, Caine est si vite contrarié !

— Oui, je sais.

Une lueur d'amusement mêlée de curiosité dansait dans les yeux de la femme.

— Nous sommes sortis une ou deux fois ensemble.

— Oh... Je ne sais pas si je dois vous en féliciter ou vous offrir toute ma sympathie !

Dans le doute, elle se contenta de lui offrir un sourire.

— Je travaille pour lui, à titre temporaire.

— Au chalet ? Alors c'est à moi de vous offrir toute ma sympathie. Transmettez-lui mes amitiés. Je m'appelle Sarah Lattimer.

— Je n'y manquerai pas. Je ne m'attarde pas, sans quoi je vais être obligée de faire de l'auto-stop pour rentrer.

Jonglant avec ses sacs, Camilla courut jusqu'au parking. Elle grimaça en apercevant le camion. Parvenue à son niveau, elle ouvrit la porte arrière et rangea ses acquisitions.

— Je dois aller chercher quelques petites choses, dit-elle d'un ton enjoué. J'arrive dans une minute.

Avant qu'il ait pu ouvrir la bouche — pour grogner, elle l'aurait parié ! — elle s'engouffra dans le supermarché.

Agrippant un caddie, elle partit à toute allure à la chasse aux provisions. Mais la sélection des fruits et légumes frais ne pouvait s'opérer dans la précipitation. Elle mit des citrons dans un sac, tâta délicatement des tomates, pinça les lèvres devant les endives...

Le supermarché avait pour elle l'attrait de la nouveauté, si bien qu'elle s'attarda plus longtemps que prévu au rayon poissonnerie et à celui des plats cuisinés. Elle aimait les couleurs, les odeurs, les textures... les grosses pancartes signalant les promotions et l'affreuse musique déversée par des haut-parleurs, que des voix interrompaient parfois pour demander une vérification de prix ou un rangement en rayon…

Elle se rendit dans le rayon surgelés, estimant que les chances de convaincre Del d'aller manger en ville un cône glacé étaient quasiment nulles. Aussi acheta-t-elle ce qu'il fallait pour en préparer à la maison. Grisée par le choix qui s'offrait, elle remplit son caddie à ras bord, puis le poussa jusqu'aux caisses.

Quand elle rejoignit la queue, elle revint brutalement à la réalité en voyant son visage étalé en première page d'un quotidien.

« Le chagrin d'amour de la princesse Camilla ».

Quoi ? Ils mettait son escapade solitaire sur le compte d'un chagrin d'amour ! En plus, ils lui prêtaient une passion pour un acteur français qu'elle ne connaissait même pas ! De quel droit se permettaient-ils d'inventer des mensonges sur sa vie privée ? Ne leur suffisait-il pas de rapporter le moindre de ses faits et gestes, de la mitrailler jour et nuit avec leurs téléobjectifs ?

Elle esquissa un geste en direction du tabloïd, dans l'intention de le déchirer en mille morceaux.

— Qu'est-ce que vous fabriquez ? demanda alors Del.

Elle sursauta comme une voleuse prise en flagrant délit, et instinctivement, pivota sur ses talons pour dissimuler le journal derrière elle. Le sursaut de colère qu'elle avait eu en découvrant le magazine se transforma en une boule au creux de l'estomac.

Si elle était démasquée, c'en serait fini de son escapade… La foule s'amasserait autour d'elle, la regardant avec des yeux ronds. Les paparazzi renifleraient sa trace, comme des loups affamés sur une piste fraîche.

— Je… je fais la queue pour régler mes achats.

— C'est quoi, tous ces trucs ?

— Des aliments, répondit-elle, s'efforçant de sourire tandis qu'elle sentait un filet de sueur froide lui couler le long du dos.

— Pour nourrir un régiment ?

Elle regarda le caddie, puis esquissa une grimace.

— Je me suis peut-être laissée emporter par l'enthousiasme. Je peux en rapporter une partie, si vous voulez. Pourquoi ne pas m'attendre dehors pendant...

— Restez où vous êtes.

Il s'avança. Redoutant qu'il ne découvre le journal où s'étalait sa photo, elle insista.

— Oui, mais vous seriez mieux à m'attendre...

— Ah, ne me poussez pas à bout !

— Pour le moment, c'est ce caddie que je pousse, pas vous.

Lorsqu'il passa devant le présentoir à journaux, sans même y jeter un regard, Camilla crut qu'elle allait défaillir.

— Hé, Del, je ne comptais pas te revoir de sitôt !

La caissière commença à enregistrer les articles que Del sortait du chariot pour les déposer sur le tapis roulant.

— Moi non plus.

La femme, une brune rondelette, arborant un badge sur lequel on pouvait lire « Joyce », adressa un clin d'œil à Camilla.

— Ne vous laissez pas intimider par lui, chérie ! Il aboie mais ne mord pas.

— Pas si sûr..., murmura Camilla, soulagée de constater que la photo n'était plus dans le champ de vision de Del.

Néanmoins, elle remit ses lunettes de soleil avant de se tourner vers la caissière.

— Et de toute manière, il ne me fait pas peur.

— Heureuse de l'entendre. Ce gars-là, il a besoin d'une femme de caractère pour lui tenir tête. Ravie de voir que tu as trouvé la femme qu'il te fallait, Del.

— Elle travaille pour moi, c'est tout.

— Ah...

Joyce adressa un nouveau clin d'œil à Camilla.

— Tu as eu des nouvelles de ta mère, récemment ?

— Oui, il y a une quinzaine de jours. Elle va bien.

— Salue-la de ma part, et dis-lui que je surveille son fiston.

Elle afficha le total, et Camilla esquissa une grimace.

90

— Je crois qu'il va me falloir un peu plus d'argent.

— Sacrément chers, ces citrons !

Résigné, Del ajouta quelques billets.

Elle l'aida à charger les sacs dans le camion, puis s'installa sagement à l'intérieur. Elle avait réagi trop viscéralement à la vue des tabloïds, même si ce sursaut de colère avait été libérateur. Quoi qu'il en soit, elle avait recouvré son sang-froid beaucoup plus vite qu'elle ne l'aurait fait une ou deux semaines auparavant.

Cela signifiait qu'elle était plus forte, plus sereine. Et cela ne prouvait-il pas qu'elle avait raison d'agir comme elle faisait ?

Mais à présent, il était temps de laisser le sujet de côté pour affronter Del.

— Je suis désolée d'avoir été si longue... Cela dit, il ne me paraît pas aberrant de vouloir visiter une ville qu'on ne connaît pas.

— Votre voiture devrait être prête demain. Ou après-demain... Carl prétend qu'il est débordé. La prochaine fois que vous voulez jouer les touristes, faites-le sur votre temps libre.

— Comptez sur moi. Au fait, je vous transmets les amitiés de Sarah Lattimer, du magasin d'antiquités. Je me demande comment quelqu'un de si aimable a pu vous fréquenter.

— Elle était jeune et sotte, à l'époque. Mais il est heureux pour elle qu'elle ait suffisamment mûri pour ouvrir les yeux.

— Vous avez parfaitement raison, dit-elle avec un léger gloussement.

— Qu'y a-t-il de si drôle ?

— Il est difficile de vous en vouloir quand vous m'approuvez.

Et plus difficile, encore, de ne pas s'inquiéter à propos d'un stupide cliché en page de couverture, quand elle se trouvait en présence d'un homme aussi... *intéressant*.

— Je vous aime bien, au fond, reprit-elle.

— Alors, c'est que vous êtes encore jeune et sotte, non ?

Amusée, elle se pencha pour l'embrasser sur la joue.

— Il semblerait.

6.

« Je vis des moments merveilleux. Je n'avais pas prévu de rester au même endroit si longtemps, ni de me consacrer à une seule activité. Mais c'est un endroit si charmant, et un domaine si excitant !

« L'archéologie est quelque chose de réellement fascinant. Bien plus intéressant et concret que l'histoire, que j'aimais tant étudier à l'école, ou les cours de sociologie que j'ai suivis à l'Université. Plus fascinant, je trouve, que tout ce que j'ai étudié ou exploré jusqu'à présent.

« Où, quand, comment, pourquoi ? Et qui ? Comment les gens vivaient, se mariaient, élevaient leurs enfants, s'occupaient des plus âgés. Ce qu'ils mangeaient, comment ils cuisinaient. Leurs cérémonies, leurs rituels. Oh, et bien d'autres choses encore... Et tout cela, d'une civilisation à l'autre, d'un peuple à l'autre, nous parle de nous, de notre société...

« Il sait tellement de choses, et ce qu'il sait lui est presque indifférent, comme c'est le cas chez les vrais chercheurs. Non que le savoir en lui-même l'indiffère. Au contraire, il cherche à l'acquérir, jour après jour. Il veut savoir.

« J'admire sa passion, je l'envie. Et je trouve ça séduisant.

« Je suis séduite par son esprit, par la complexité et la rigueur de ses raisonnements. Travailler avec lui est difficile et contraignant, parfois même épuisant physiquement. En dépit de ses blessures, cet homme a une énergie incroyable. C'est impressionnant, la façon dont il peut se plonger dans son travail pendant des heures.

« Je suis ravie de faire comme lui. J'ai vu des ossements vieux de plusieurs millénaires. Protégés par du plastique, bien sûr.

Je me demande quelle sensation ils me procureraient, dans la main. Si quelqu'un m'avait dit, il y a deux semaines, que je rêverais un jour de tenir des os humains entre mes doigts, je l'aurais pris pour un fou.

« Comme j'aimerais me rendre sur un chantier archéologique et voir concrètement comment on y travaille !

« Bien que Del m'en fournisse une description très vivante quand il m'en parle, ce n'est pas la même chose que de le voir.

« C'est quelque chose que je veux voir de mes yeux et vivre par moi-même. J'ai l'intention de me renseigner sur des cours et ce que Delaney appelle, avec un certain dédain, des « sessions grand public », quand je serai de retour à la maison.

« Je crois que cela pourrait devenir une passion.

« Sur un plan plus personnel, ma présence l'irrite moins qu'il ne le prétend. Du moins la plupart du temps. C'est étrange, et très enrichissant, d'avoir quelqu'un qui vous traite comme n'importe qui— sans le filtre des bonnes manières et du respect dû à votre rang. Non que j'apprécie ses manières rudes, bien sûr, mais une fois qu'on a appris à connaître l'homme, on sait ce qui se cache derrière.

« C'est un génie dans son domaine, ni plus ni moins. Et même si la courtoisie n'est jamais de trop, les êtres les plus brillants sont souvent les moins raffinés.

« Je le trouve si séduisant ! Je n'ai jamais, au cours de mon existence, été aussi attirée physiquement par un homme. D'un côté, c'est terriblement excitant, de l'autre terriblement frustrant. J'ai grandi au sein d'une famille tendre et unie qui m'a enseigné que le sexe n'était pas un jeu, mais une joie et une responsabilité à partager avec quelqu'un qui vous est cher. Quelqu'un que vous respectez et qui vous accorde la réciprocité. Ma position sociale rend les choses plus compliquées et m'oblige à plus de prudence. Il m'est impossible de prendre un amant à la légère.

« Mais je désire cet homme. Je veux ressentir en moi le feu qui l'anime. Je veux savoir si ma flamme intérieure peut s'unir à la sienne.

« Ce tabloïd dans le supermarché m'a remis en tête ce que j'étais sur le point d'oublier. Ce que l'on ressent lorsqu'on est constamment épiée, traquée pour ne plus être qu'une image sur papier glacé : une lassitude, un malaise et un dégoût grandissants. En comparant mon état actuel à celui qui était le mien, la nuit où j'ai quitté Washington, je me rends compte que je n'étais pas loin de la dépression. Si je regarde en arrière, je peux me souvenir de cette sensation de harcèlement, des nerfs qui commencent à lâcher...

« J'en suis responsable pour une bonne part, je m'en rends compte à présent. Car je ne me suis pas octroyée suffisamment de temps pour décompresser, je suppose, depuis que grand-papa est décédé, et pour tout le reste.

« Je m'en accorde désormais — et mieux vaut tard que jamais.

« Mon séjour ici est vraisemblablement sur le point de s'achever. J'ai bien utilisé mon temps. Je me sens... le mot « transformée » serait peut-être exagéré. Disons « revigorée ». Avec plus d'énergie que je n'en ai eu depuis des mois.

« Avant de partir et de reprendre mes tâches et mes obligations officielles, je vais apprendre tout ce que je peux sur l'archéologie. Suffisamment, en tout cas, pour être en mesure de poursuivre moi-même mon apprentissage. Et je vais apprendre tout ce que je peux sur Camilla MacGee... qui n'est pas Camilla de Cordina.

« Il se peut, également, que je séduise le fantasque Delaney. »

Le chalet embaumait comme une forêt de pins. Il lui était difficile de s'en plaindre : n'était-ce pas une amélioration notable, par rapport à l'époque où une odeur de vieilles chaussettes emplissait l'air ?

Il ne courait plus après des paires de chaussettes propres. Il n'était plus obligé de fouiller partout, dans l'espoir de trouver une boîte de conserve pour son repas. Ses notes restaient exactement à l'endroit où il les avait laissées la veille. Un bon tiers de celles-ci étaient au propre, et les articles destinés à la presse professionnelle ainsi que les pages de son site internet étaient quasiment terminés. En plus, c'était du bon travail.

Il y avait toujours du café prêt, et les serviettes de toilette étaient propres. Et Camilla, songea-t-il avec admiration, restait toujours fraîche et alerte, en dépit de ses tâches multiples.

Pas seulement extérieurement. Mais aussi intellectuellement. Il n'avait pas mesuré à quel point un esprit vif et curieux pouvait élargir son angle d'approche en peu de temps et enrichir sa vision des choses.

Il aimait la façon dont elle chantait le matin en préparant le petit déjeuner… et ses joues roses quand elle rentrait des bois, après une de ses promenades. Des pauses, se souvint-il, qu'elle avait âprement négociées.

Il n'avait rien contre les bougies et les soucoupes remplies de ce truc odoriférant qu'elle mettait un peu partout dans la maison. Il n'avait rien non plus contre les savons parfumés qu'elle plaçait dans la salle de bains, et ne s'énervait pas quand il tombait sur ses tubes ou ses pots de crème dans son armoire à pharmacie.

Il les ouvrait et les humait par curiosité.

Il aimait même la façon dont elle se pelotonnait sur le canapé, le soir, avec un verre de vin, et le harcelait pour le faire parler sur son travail.

Seul dans la cuisine, il était en train de rééduquer son bras affaibli avec des boîtes de haricots d'un kilo en guise d'haltères. Ses forces lui revenaient. Ses muscles l'élançaient encore par moments, mais cela ne l'empêchait pas de vivre. Ses côtes mettraient plus de temps à guérir — ce dont les médecins l'avaient d'ailleurs prévenu. Et sa clavicule le gênerait quelque temps encore.

Mais il n'éprouvait plus, à présent, ce terrible sentiment de frustration dû à son incapacité physique.

Peut-être demanderait-il à Camilla de lui masser le cou et les épaules pour les dénouer. Elle avait de petites mains, mais elles étaient puissantes. Sans compter que ce serait un bon prétexte pour les sentir de nouveau sur lui. Elle s'exécuterait consciencieusement, plus qu'il ne l'aurait souhaité…

Il s'arrêta et reposa la boîte de conserve avec un léger bruit mat. Bon sang, voilà qu'il commençait à s'habituer à elle ! Pire, il désirait sa présence !

Et cela, sans l'ombre d'un doute, c'était le commencement de la fin…

Si un homme commençait à désirer la présence d'une femme, celle-ci attendait en retour qu'il demeure à ses côtés. Plus d'allers et venues selon votre bon plaisir, plus de chantiers de longue durée sans vous soucier de ce que vous avez laissé derrière vous.

Se renfrognant, il balaya la pièce du regard. Des bouteilles regorgeant de fleurs sauvages, une coupe remplie de fruits, des plans de travail étincelants et des gâteaux dans un bocal de verre.

Cette femme avait fait un *foyer* de ce chalet. Il avait toujours quitté cet endroit dès que l'envie lui en prenait. Mais un *foyer*, il ne pourrait plus le faire sans un pincement au cœur.

Quand on laisse une femme derrière soi, on la laisse avec un rapide baiser et un vague signe de la main. Quand on laisse une femme comme elle, cela ne peut pas se faire sans avoir le cœur brisé.

A cet instant, il la vit émerger des bois, le visage rayonnant et des fleurs blanches à la main. Comment diable s'y était-elle pris pour devenir cette femme-là ? se demanda-t-il, dans un sursaut de panique.

Ils ne se connaissaient pas depuis longtemps, non ? Il passa une main dans ses cheveux et prit conscience qu'il avait perdu toute notion de temps. Depuis quand était-elle là ? Qu'allait-il devenir, quand elle s'en irait ?

Elle entra, tout sourire.

— Vous êtes en retard, dit-il d'un ton peu amène.

Elle jeta un coup d'œil à sa montre.

— Non, je suis à l'heure, et même, je suis en avance de deux minutes. J'ai fait une belle balade, et j'ai nourri les canards qui vivent au bord de l'étang.

Elle se dirigea vers la bouteille et ajouta les fleurs fraîchement cueillies aux anciennes.

— Mais le ciel se couvre. Je pense qu'il ne va pas tarder à pleuvoir.

— Je voudrais finir ce chapitre sur les tissus nerveux. Je ne peux pas y arriver si vous êtes dehors à nourrir une ribambelle de canards.

— Nous le terminerons dès que nous aurons bu un verre de soda. Qu'est-ce qui ne va pas, Del ? Vos blessures vous font souffrir ?

Elle se tourna, le pichet de soda à la main, et faillit le renverser en posant les yeux sur lui.

— Votre bras... Vous avez enlevé la bandoulière !

Elle s'approcha et toucha son bras.

— Je m'attendais à ce qu'il soit maigre et blême, or ce n'est pas le cas.

Elle pinça les lèvres en palpant ses muscles.

— Un peu plus pâle que le reste de votre corps, et j'imagine qu'il est tout engourdi.

— C'est exact. Il faut juste... Oh !

La pression ferme qu'elle exerça sur son épaule lui fit monter les larmes aux yeux.

— Hé, doucement !

— Je suis désolée. Toujours noué à ce niveau ?

Elle le pétrit cette fois avec délicatesse.

— Vous êtes complètement noué.

— Ce qui n'a rien de surprenant, quand on a eu un bras immobilisé pendant deux semaines !

— Vous avez raison, bien sûr. Peut-être faudrait-il une pommade décontractante... C'est ce que ma mère utilisait quand mon père avait un peu trop forcé. J'ai soigné des chevaux comme ça, aussi. J'ai vu qu'il y avait de l'hamamélis, en haut. Après le dîner, je vous en passerai sur l'épaule. Ainsi, vous aurez une bonne nuit de sommeil.

Sentir ses doigts courir sur sa peau — partout — n'était probablement pas le meilleur moyen de lui assurer des rêves tranquilles, songea-t-il. Mais il y gagnerait certainement au change...

— « Les analyses effectuées en laboratoire montrent en effet que la substance découverte à l'intérieur du crâne provient du cerveau. Au total, au terme de trois semestres d'analyse, des cellules nerveuses ont été retrouvées dans 95 % des crânes déterrés. Vingt-huit d'entre eux contenaient un cerveau complet, bien que réduit à un tiers de sa taille normale. Cette découverte sans précédent devrait donner lieu à des avancées significatives sur le plan scientifique. Elle va permettre à des chercheurs d'étudier des cerveaux vieux de 7000 ans, avec leurs hémisphères et leurs circonvolutions cérébrales parfaitement intacts. L'ADN, l'unité élémentaire du développement humain, peut être clonée à partir de ces cellules, les plus anciennes découvertes à ce jour. »

— Clonée ?

Les doigts de Camilla cessèrent de courir sur le clavier.

— Vous voulez cloner un individu de cette tribu ?

— Nous pourrons nous lancer plus tard dans un débat sur le clonage. Mais le but, ici, est d'étudier les maladies, l'espérance de vie, le potentiel physique et intellectuel. Vous reprendrez votre roman de science-fiction une fois que nous aurons fini.

— Ils ont cloné des moutons, marmonna Camilla.

Il lui lança un regard menaçant derrière ses lunettes.

— Ce n'est pas mon domaine. L'ADN ne fait pas partie de mes recherches. Je me contente de souligner les implications potentielles de cette découverte. Nous avons des cerveaux humains intacts, vieux de sept millénaires. Leurs propriétaires pensaient et réagissaient avec eux. Ils développaient leur langage et leurs facultés motrices. Ils les utilisaient pour construire des villages, chasser et se nourrir. Pour communiquer entre eux, élever leurs enfants, trouver un partenaire et survivre.

— Et que faites-vous de leur cœur ?

— Leur cœur ?

— N'est-ce pas lui qui leur dictait la façon de prendre soin de leurs enfants, et avant cela, la façon de les concevoir ?

— Ça va de pair, vous ne croyez pas ?

Il ôta ses lunettes cerclées de noir et les posa à côté de lui.

— Ces gens prenaient soin de leurs enfants et entretenaient des relations avec les autres. Mais la procréation est également un instinct — un des plus primaires. Sans jeunes, il n'y aurait personne pour s'occuper des vieux et prendre la relève des morts. Il n'y aurait pas de tribus. L'homme s'accouple pour la même raison qu'il se nourrit. Il est obligé de le faire.

— Et l'amour ?

— L'amour est une invention, un outil comme…

Il souleva un vieux marteau.

— Comme celui-ci.

— L'amour est un besoin humain, comme le besoin de se rassembler, de jouer ou d'écouter de la musique.

— Ce sont des besoins secondaires. Autrement dit, du luxe. Pour survivre, nous avons besoin de nourriture, d'eau et d'un abri. Et pour assurer la continuité de l'espèce, nous avons besoin de procréer. L'homme, étant ce qu'il est, invente des outils afin de satisfaire plus aisément ses besoins.

— Cela ne nous apprend pas grand-chose sur l'homme en tant qu'être humain.

— Au contraire.

Il effleura la mâchoire d'un vieux crâne blanchi.

— Il nous apprend que l'homme est une invention ingénieuse, complexe et en constante évolution. Qu'il construit et détruit avec les mêmes facultés et le même enthousiasme. Et se reconstruit lui-même en permanence.

— Et vous ?

Il tourna le marteau tête en bas puis le reposa.

— J'ai faim. Quand mangeons-nous ?

Elle ne renonçait pas à poursuivre cette discussion, mais cela ne la dérangeait pas d'y réfléchir tout en préparant le repas. Elle jeta des pâtes dans l'eau bouillante, remua la salade, puis saupoudra d'herbes aromatiques l'huile destinée aux épaisses tranches de pain.

Après quoi, elle servit du vin, et alluma les bougies.

— Un marteau, déclara-t-elle à Del quand il entra, suggère la force ou la menace.

— Pardon ?

— Un marteau ! répéta-t-elle d'un ton agacé. L'amour n'est pas comparable à un marteau.

— O.K.

Il voulut prendre une tranche de pain, mais elle l'en empêcha d'un geste de la main.

— Asseyez-vous d'abord. Montrez que vous êtes devenu un être civilisé. Et ne dites pas « O.K. » juste parce que le sujet vous ennuie et que vous ne pensez qu'à vous goinfrer.

— Ça devient strict, dans les parages, marmonna-t-il.

— Je dis que votre tribu manifestait des émotions humaines. Compassion, amour, haine. Ce sont les émotions qui nous rendent humains, non ? demanda-t-elle en servant la salade. Si l'instinct seul dictait notre conduite, alors l'art, la musique, la poésie n'existeraient pas, et la science non plus. Nous n'aurions pas construit un

100

village au bord d'un étang, créé des rituels d'amour et de partage, et enterré cet enfant avec ses jouets.

— J'ai dit O.K., et je le pense, insista-t-il quand elle plissa les yeux.

Son ventre réclamait des nourritures terrestres. Pas des nourritures spirituelles !

— C'est un raisonnement intéressant, et vous pourriez en tirer un article tout aussi intéressant, j'imagine.

Elle cligna des yeux.

— Vraiment ?

— Le champ d'étude n'est pas si limité. Il n'y a pas seulement des objets déterrés et des faits. Il y a la place pour des théories spéculatives. Ajoutez l'anthropologie, et vous traitez des sociétés. Avec les sociétés, vous abordez la question des traditions. Or, les traditions renvoient à des nécessités, des superstitions et des émotions.

Amadouée, elle lui tendit la corbeille de pain.

— Reprenons notre tribu. Comment pouvez-vous savoir qu'un homme ne courtisait pas une femme en lui apportant des fleurs ou des baies de sureau ?

— Je ne le sais pas. Mais je ne peux pas non plus affirmer qu'il le faisait. Pas de preuve, dans un sens comme dans l'autre.

— Mais ne croyez-vous pas qu'il y avait un rituel ? Et n'y en a-t-il pas toujours eu ? Même chez les animaux, il y a une sorte de danse de l'accouplement. Il devait y avoir des rites pour faire la cour.

— Certainement.

Il trempa son pain dans la sauce aux herbes.

— Parfois, cela consistait à ramasser une grosse pierre et à la fracasser sur quelqu'un. Le perdant avait la tête fracassée. Le gagnant emportait la fille.

— Uniquement parce qu'elle n'avait pas le choix ou, plus vraisemblablement, parce qu'elle se rendait compte que l'homme capable d'éliminer son rival la protégerait, elle et les enfants qu'ils concevraient.

— Exactement.

Satisfait de la logique implacable dont elle faisait preuve, il lui tendit un morceau de pain.

— Le besoin sexuel pour procréer, dit-il. La procréation pour la survie.

— C'est romantique, finalement, dans un genre primitif. Néanmoins, les ossements que vous avez étudiés jusqu'ici ne révèlent qu'un pourcentage insignifiant de coups portés violemment. Ce qui ne permet pas d'étayer la théorie selon laquelle les rituels pratiqués dans cette tribu pour approcher une femme consistaient à se taper dessus.

— C'est juste.

Admirant la façon dont elle avait retourné son argument pour faire valoir le sien, il agita sa fourchette.

— Et je dirais même plus : vous avez raison.

— Del, pensez-vous qu'il serait possible que je visite ce site ?

Il se rembrunit, l'air songeur, tandis qu'elle servait les pâtes.

— Pourquoi ?

— Je voudrais le voir de mes propres yeux.

— Eh bien, il vous reste six mois.

— Que voulez-vous dire ?

— Si les articles et le rapport que je rédige ne trouvent aucun écho d'ici six mois, autrement dit s'ils ne rapportent pas deux millions de subventions, le site fermera.

— Vous voulez dire que vous arrêterez les fouilles ?

— Non, pas à court terme. Mais l'Etat ne peut plus — ou ne veut plus — contribuer à son financement. Des bureaucrates..., grommela-t-il. Pas assez de tapage médiatique, après trois saisons, pour qu'ils continuent à se pavaner devant les caméras et à accorder des subventions. L'Université a donné tout ce qu'elle pouvait. Il y a assez d'argent pour tenir le coup un autre semestre. Après ça, on nous coupe les vivres et c'est fini.

— C'est impossible, tant que vous n'avez pas terminé vos recherches !

— L'argent est la clé de tout, ma chère.

Lui-même avait englouti la totalité de ses économies dans cette entreprise.

— Vous allez en trouver ! Quiconque lira votre travail voudra maintenir le projet en vie. Si ce n'est pas pour l'importance de la découverte en elle-même, ça le sera pour les débouchés qu'elle offre sur un plan scientifique. Je pourrais…

Elle s'interrompit. Elle était une experte en matière de collecte de fonds. Les gens payaient, grassement de surcroît, pour voir la princesse Camilla à un gala de bienfaisance.

Mobiliser les médias ? Ce n'était pas un problème.

Mieux encore, elle avait les relations nécessaires. Ses pensées se tournèrent instantanément vers sa marraine, Christine Hamilton de son nom de jeune de fille, épouse à présent du sénateur du Texas. Tous deux étaient d'ardents militants en faveur des arts et des sciences.

— Si vous avez un petit million de trop, n'hésitez pas à me le donner.

Del allongea le bras vers la bouteille de vin, sollicitant exagérément son épaule en voie de guérison. Et aussitôt, il jura.

Elle revint brusquement au moment présent.

— Ne forcez pas, si vous voulez guérir un jour. Par ailleurs, je crains de ne pas avoir un million sur moi.

Elle sourit en recouvrant son verre de la main.

— Mais j'ai une idée. Je suis très douée pour ça. Je vais y réfléchir.

— Je vous en prie, faites donc.

Une fois le dîner achevé, il s'éclipsa. C'était un de ses talents, de disparaître à l'instant même où la corvée de vaisselle s'imposait.

Mais ainsi, elle était assurée de ne pas l'avoir dans les jambes, ce qui lui permettait de téléphoner chez elle.

Elle garda un œil dans l'embrasure de la porte tandis que la connexion avec la Virginie s'établissait. Son plus jeune frère, Dorian, répondit. Même si, d'ordinaire, elle aurait été ravie de papoter avec lui, elle se sentait pressée par le temps.

— Il faut que je parle à maman. Tout de suite.

— Tu t'enfuis comme une bohémienne, et tu n'as même pas une minute à me consacrer !

— Quand je rentrerai, je te le promets, je te casserai les oreilles avec mes aventures. Tu me manques, Dorian.

Elle ponctua cette phrase d'un rire.

— Je n'aurais jamais cru que je dirais ça un jour, mais c'est pourtant la vérité. Vous me manquez.

— En tout cas, tu as l'air en pleine forme.

— C'est vrai. Je me sens bien.

— Donc, tu ne te morfonds plus pour l'acteur français.

Elle lâcha un soupir. Dorian considérait la plaisanterie comme un devoir royal.

— Je reprends ce que je viens de dire : *tu ne me manques pas.* Où est maman ?

— Je vais la chercher. Mais je préfère te prévenir, elle passe son temps à tenter de rassurer papa, qui ne songe qu'à déclencher un plan de sauvetage. Il va falloir que tu marches sur des œufs.

— Je sais. J'en suis désolée, mais je ne suis plus un bébé.

— C'est ce que lui dit maman. Mais il déclare que tu n'en es pas moins son enfant. Ne l'oublie pas. Attends une minute.

Dorian était taquin, mais elle savait qu'il avait un cœur d'or. Il s'arrangerait pour que sa mère prenne le téléphone à l'insu de son père.

Camilla se mit à frétiller d'impatience, puis entendit la voix de sa mère à l'autre bout de la ligne.

— Camilla, je suis heureuse que tu nous téléphones ! Nous parlions de toi, justement.

— Est-ce que papa est toujours aussi furieux ?

— Il... il en prend son parti. Petit à petit.

— Je suis désolée, maman. Il fallait que je...

— Tu n'as pas à te justifier. Je me souviens très bien de ce que c'était, à ton âge. L'essentiel, c'est que tu ailles bien et que tu sois heureuse.

— Je le suis. Je t'ai déjà parlé du chalet et de Delaney. Son travail est passionnant. Maman... je viens d'apprendre quelque chose d'horrible.

Elle expliqua rapidement à sa mère les menaces qui pesaient sur le projet.

— C'est ennuyeux, en effet. Ton professeur doit être inquiet.

— J'aimerais l'aider. Je me disais que tu pourrais peut-être te renseigner sur les besoins du projet et contacter tante Christine. Je ne suis pas mauvaise pour trouver des financements, mais elle est imbattable dans ce domaine. C'est tellement important pour moi !

— Je vais me renseigner. En Floride, tu disais ? Le projet de recherche Bardville, du professeur Delaney... Laisse-moi quelques jours.

— Merci. Un grand merci, maman ! Tu t'y prendras discrètement ? Je ne veux pas que ça lui revienne aux oreilles. C'est trop tôt.

— Ne te fais pas de souci. Nous rentrons à Cordina dans quelques jours, Camilla. J'ose espérer que tu seras prête pour partir avec nous.

— Il me faut encore un peu de temps. Je t'en prie... Je vous téléphonerai, et je me débrouillerai pour trouver un vol direct quand je... m'en irai d'ici.

— Prends soin de toi. Nous t'aimons.

— Je vous aime aussi. A bientôt, maman. J'ai tant de choses à te dire !

Après avoir raccroché, Camilla fredonna et commença à ranger la cuisine.

Puis elle remplit deux tasses et les apporta dans la salle de séjour. Il était là, assis sur l'horrible petit canapé, des feuillets éparpillés sur ses genoux et autour de lui.

Ce qui s'insinua alors en elle était un merveilleux mélange de désir, de passion… *et d'amour.*

Ainsi elle était tombée amoureuse de lui, découvrit-elle avec stupeur. N'était-ce pas… fascinant ? Il était rude, exigeant, irritable... Mais aussi brillant, passionné, et délicat en dépit de tout. Ce cocktail captivant le rendait unique en son genre.

Et il possédait ce qu'elle recherchait le plus chez un homme, songea-t-elle en s'adossant contre le mur pour l'observer : le sens de l'honneur.

Ils étaient seuls, ici, et pourtant, il n'avait jamais cherché à profiter de la situation. A vrai dire, il la touchait rarement, même par inadvertance. Bien qu'il fût attiré par elle — elle en était certaine —, son sens de l'honneur le lui interdisait.

Ses lèvres esquissèrent un sourire. Sous des apparences de rustre, c'était un gentleman.

Comme il aurait détesté cette appellation !

Ainsi elle était amoureuse d'un gentleman qui s'interdisait de courtiser son assistante. Ce qui signifiait que ce serait à elle de le courtiser…

Cette idée, jusqu'alors simple fantaisie pleine de charme, prenait un tour plus mystérieux, plus excitant dès lors que l'amour entrait en jeu. Et l'amour, songea-t-elle, lui donnait un atout extraordinaire.

Elle faillit retourner dans la cuisine pour remplacer le café par une bouteille de vin, mais se ravisa, songeant que le café serait… un meilleur stimulant.

Le plan d'attaque devait être simple. Et subtil.

106

Elle s'avança vers lui et tendit une tasse.

— Sur quoi êtes-vous bloqué ?

— Comment ?

— Sur quoi êtes-vous bloqué ? répéta-t-elle en désignant les notes éparpillées autour de lui.

— Il faut que je réfléchisse… et que je retourne sur le site.

Il fit rouler ses épaules pour en dissiper la tension.

— Et au laboratoire.

Elle sentit sa gorge se nouer. S'il envisageait de repartir bientôt, elle ne pouvait pas se permettre des approches trop subtiles.

Car elle avait l'intention de se joindre à lui. En tant qu'étudiante et assistante… et en tant que compagne.

Elle sourit.

— Vous pourrez retourner sur le terrain. Mais auparavant, il vous faut terminer votre rapport et achever votre convalescence.

Il tenta une rotation du torse. Et frémit de douleur. Une heure sur le chantier, et il se retrouverait à vagir comme un nourrisson, songea-t-il avec dégoût. Restait le laboratoire…

— Buvons ça, dit-il en se redressant brusquement.

Il serra aussitôt les dents en sentant son corps se rebeller.

Gentiment, elle lui enleva la tasse des mains.

— Avant cela, je vais vous passer de la pommade. Cela devrait vous soulager. Vous êtes toujours mal en point en début et en fin de journée. Décontractez-vous.

— Je me sens parfaitement bien.

— Non, c'est faux. Et si vous ne prenez pas soin de vous, vous ne ferez que retarder votre guérison et votre retour sur le site.

Sur ces paroles, elle se dirigea vers l'escalier, une tasse dans chaque main.

— Venez, il faut considérer cela comme une simple thérapie.

Il avait mal, et cela le mettait en rage. Il pouvait évidemment prendre un médicament… qui l'abrutirait et lui gâcherait des heures de travail. Il pouvait remettre cette fichue bandoulière, ce qui l'exaspérerait encore plus. Ou bien il pouvait essayer sa pommade miracle...

Il n'aurait rien d'autre à faire que de supporter ses mains douces sur lui. Un homme devait avoir assez de volonté pour résister à ce genre de sensations, non ?

En plus, elle avait emporté sa tasse de café. Il était bien obligé de la suivre.

— Nous aurions pu rester en bas.

— C'est plus pratique ici, répliqua-t-elle avec un petit sourire en coin. Le canapé est une véritable planche de torture, et de toute manière, il est trop petit. Inutile de nous compliquer la vie. Asseyez-vous sur le lit et enlevez votre chemise.

Des paroles que la plupart des hommes rêvaient d'entendre...

Mais il était hors de question de se laisser entraîner sur un terrain aussi glissant. Il ne s'agissait que d'une sorte de thérapie médicale. Et de rien d'autre.

7.

Elle fit un rapide détour par sa chambre et se vaporisa un peu de parfum. Puis elle défit deux boutons de son chemisier.

Elle prit la pommade, des serviettes propres et quelques bougies parfumées.

C'était déloyal, mais une femme amoureuse avait bien le droit de recourir à quelques stratagèmes !

— Voyons ça de plus près...

Elle contourna le lit, sur lequel il était assis, et oublia instantanément ses projets de séduction.

— Oh, Del, vous vous êtes sérieusement blessé !

— Cela va mieux.

— Je n'en doute pas, mais...

Son épaule, jusqu'alors dissimulée par des vêtements ou la bandoulière, était tout enflée, et couverte d'ecchymoses d'un vilain aspect.

Elle ne songeait plus, à présent, qu'à lui prodiguer ses soins et à le soulager de ses souffrances.

— Je ne me doutais pas qu'elle était enflée à ce point, murmurat-elle en touchant délicatement son épaule.

— Oh, elle l'est beaucoup moins...

Il remua l'épaule, autant pour l'éprouver que pour en chasser sa main.

— Mon Dieu ! Nous aurions dû y appliquer plus tôt des glaçons.

Au souvenir de ce qui s'était produit la dernière fois qu'elle avait recouru à ce type de remède, elle sentit son pouls s'accélérer.

— Détendez-vous pour le moment, et nous verrons ce que nous pourrons faire pour vous rendre les choses moins… pénibles.

Elle se détourna et commença à allumer les bougies.

— Que faites-vous avec ça ?

Elle fit la moue en entendant une pointe de réticence filtrer dans sa voix.

— Vous n'avez jamais entendu parler d'aromathérapie ? Mettez-vous aussi à l'aise que possible, et nous commencerons par votre épaule. Vous ne m'aviez jamais révélé la gravité de vos blessures. Que s'est-il passé ?

— J'ai été assez stupide pour accepter qu'un jeune imbécile me reconduise, au sortir du laboratoire. Or, il y a des gens incapables de conduire sur une route mouillée, ajouta-t-il en la regardant d'un air absent. La jeep a fait un tonneau.

— Un tonneau ?

L'horreur qu'elle éprouva l'empêcha de se lancer dans un plaidoyer en faveur de ses propres capacités de conductrice.

— Mon Dieu, vous avez eu de la chance d'en réchapper. Vous auriez pu vous tuer !

— Le gamin s'en est tiré avec quelques égratignures, dit Del avec amertume. Il a eu de la chance que je ne lui aie pas tordu le cou. Cela fait déjà trois semaines que je suis sur la touche.

Elle alla éteindre la lumière.

— Comment allez-vous y voir clair, si vous éteignez tout ?

— Je vois parfaitement bien. Vous ne vous détendrez pas avec de la lumière plein les yeux.

Elle grimpa sur le lit et s'agenouilla derrière lui.

Le doux fléchissement du matelas lui noua l'estomac, et son corps se raidit, comme prêt à l'attaque.

— Ne jouez pas les stoïques, dit-elle. Dites-moi quand je vous fais mal. D'après moi, vous guérissez remarquablement vite, si l'accident ne remonte qu'à trois semaines. Sans compter que vous avez abattu une masse considérable de travail, depuis votre retour.

Elle malaxa la pommade entre ses mains, puis l'étala délicatement sur ses blessures.

— Je pense que nous aurions tout intérêt à rompre de temps à autre avec la routine, afin de prendre du recul. Nous aurons ainsi une vision plus claire de l'ensemble.

— Possible.

C'était d'autant plus juste que, depuis son retour au chalet, il avait été en mesure d'étudier le projet sous des angles qu'il avait omis ou négligés sur le chantier.

— Ne vous contractez pas, murmura-t-elle. Fermez les yeux.

Ses doigts le caressaient, le pétrissaient avec douceur.

— Laissez votre esprit vagabonder. Vous jouiez dans les bois, ici, quand vous étiez enfant ?

— Bien sûr.

Comment espérait-elle que ses souvenirs lui reviendraient à la mémoire, quand elle parlait avec cette voix exotique et suave ?

— Vous alliez nager dans l'étang ? Ou pêcher ?

— Ma mère adore la pêche à la ligne.

— Ah oui ?

Il revit sa mère affublée de l'un de ses horribles chapeaux et de ses grosses bottes, une canne à pêche à la main. Comme ce souvenir le faisait sourire, il ferma les yeux.

Penser à sa mère était certainement un excellent moyen de refréner ses instincts sexuels, songea-t-il. Aussi efficace que le sport…

— Elle n'a jamais réussi à nous communiquer sa passion. Ça nous rendait fous d'ennui, mon père et moi.

— J'ai bien peur que ce soit également mon cas. Je n'aime le poisson que dans la poêle, avec du beurre et des herbes aromatiques. Vous n'avez pas de frères ou de sœurs ?

— Non.

— Vous sentez comme c'est noué, à la base du cou ? Vous portez trop de choses sur vos épaules. C'est pour cela que vous êtes si irritable.

— Je ne suis pas irritable.

— Non, vous êtes d'un naturel insouciant. Aussi fondant qu'un bonbon.

— Ouille !

— Désolée.

Cet homme avait un dos merveilleux, songea-t-elle avec ravissement. Large et bronzé, avec de mystérieuses cicatrices. Le dos d'un guerrier. Fort et viril. Elle mourait d'envie d'y poser ses lèvres, de les laisser errer tout en le mordillant avec ses dents. Mais le moment d'abandonner ses subtils travaux d'approche n'était pas venu. Pas encore, du moins.

Quoi qu'il en soit, elle voulait l'aider, le soulager de ses douleurs… avant de passer à l'attaque.

En cet instant, Del n'aurait su dire ce qu'elle lui faisait. Ses mains lui laissaient entrevoir le paradis. Douces et fermes, apaisantes et stimulantes. Son sang s'échauffait malgré lui. Pourtant, en même temps, la douleur se dissipait progressivement.

Le parfum des bougies, son odeur, le son de sa voix — grave et doux — le détendaient au point que son esprit se mit à vagabonder.

Il sentit le matelas ployer sous eux quand elle changea de position, puis la légère caresse de ses doigts sur le devant de son épaule. Ses seins le frôlèrent, se lovèrent contre lui tandis qu'elle poursuivait son massage.

Il se demanda rêveusement ce qu'il ressentirait en les pressant dans sa main. Fermes, petits, doux... Quel goût auraient-ils, s'il les prenait dans sa bouche ? Chauds et sucrés, sans aucun doute.

De sa main libre, elle saisit l'autre épaule, la pétrissant jusqu'à ce que la tension se relâche.

La pluie martelait tranquillement le toit, et la lueur des bougies dansait, réconfortante et rougeoyante, contre les volets fermés.

— Allongez-vous.

— Mmm... ?

Peut-être était-il un peu trop détendu, songea Camilla. Elle ne voulait surtout pas qu'il s'endorme. Plus elle le touchait, plus le désirait. Le désir formait une boule chaude dans son ventre.

— Allongez-vous, répéta-t-elle en résistant à l'envie quasi irrésistible de lui mordiller l'oreille.

Jamais elle n'avait ressenti une telle pulsion charnelle.

— Ce sera plus pratique pour vous masser.

Clignant des yeux, il tenta de rassembler ses esprits. Non, ce n'était pas une bonne idée. Il commença par refuser, mais elle l'avait déjà obligé à se retourner. Et c'était si bon de se laisser aller !

— Vos côtes sont toujours douloureuses, n'est-ce pas ? Nous allons nous en occuper.

Il voulut lui dire qu'elle en avait assez fait, mais lorsqu'elle se pencha sur lui pour attraper le flacon posé sur la table de nuit, ses jolis petits seins emplirent son champ de vision. Et alors, ses pensées s'éparpillèrent telles des feuilles au vent.

— Cela aurait pu être pire. Vous auriez pu vous les briser.

Elle versa de la pommade au creux de ses paumes. Les yeux plongés dans les siens, elle la malaxa pour la réchauffer.

— Mais vous avez une excellente condition physique. Vous avez un corps sain et vigoureux.

Elle comptait bien là-dessus pour parvenir à ses fins.

— Quel âge avez-vous, Delanay ?

— Trente ans. Non, trente et un.

Diable, comment espérait-elle qu'il s'en souvienne quand elle lui souriait de cette façon ?

— Jeune. Fort. Et en bonne santé. Hum.

Elle soupira et l'enfourcha délicatement.

— C'est pour cela que vous reprenez rapidement le dessus.

Il n'avait pas l'impression de reprendre le dessus. Au contraire, il se sentait faible et stupide. Il serra les poings avant de se redresser, et saisit ses petites fesses.

— Assez !

Elle se contenta de le regarder. Ses yeux étaient sombres et brûlants. Et sa respiration s'accélérait.

— Je n'ai pas terminé.

Elle laissa ses doigts errer jusqu'à la ceinture de son pantalon et sentit le ventre de Del se contracter.

— On vous reconnaît bien là, n'est-ce pas ? Dur et... coriace.

Il jura, mais ne put y mettre la dose requise de hargne.

— Fichez-moi la paix. Vous allez m'achever.

— Ah oui ?

Ses yeux lançaient des flammes dorées sous ses cils, alors qu'elle baissait la tête, hésitante, puis lentement effleurait son torse. Elle sentit son cœur battre à tout rompre.

— Ça va mieux ?

Ses lèvres remontèrent jusqu'à son cou, le long de sa mâchoire, puis redescendirent de quelques centimètres quand elle l'entendit réprimer un grognement.

— C'est stupide, parvint-il à dire. Combien de temps croyez-vous que je vais résister à ça ?

— Qui a dit que je voulais vous voir résister ?

Elle referma délicatement ses dents sur son menton.

— Qui a dit cela ? reprit-elle. Je crois que...

Elle titilla le coin de sa bouche avec ses lèvres.

—... que j'ai été très claire sur ce que je voulais. Sur ce que j'attendais de vous.

— Vous vous fourvoyez.

— Peut-être.

Elle sentit sa main agripper son mollet avec détermination, puis remonter le long de sa cuisse.

— Alors ?

Que pouvait-il répondre, quand tout, en lui, réclamait cette femme ? Il glissa la main derrière sa taille et accéda à ses fesses adorables.

— Vous profitez de moi.

— C'est vrai, je profite de vous.

Elle approcha sa bouche.

— Voulez-vous que je m'arrête ? Ou voulez-vous que…

Elle agaça sa lèvre inférieure avec ses dents, la mordilla délicatement, puis la relâcha.

— Encore un peu ?

Elle allait l'achever, d'une manière ou d'une autre. Alors, autant mourir heureux.

— Avec moi, c'est tout ou rien.

— Tout, alors, approuva-t-elle en refermant sa bouche sur la sienne.

Son haleine chaude pénétra en lui telle une décharge électrique. Del aurait juré qu'un court-circuit s'était produit au niveau de ses neurones.

La main qu'il avait posée sur elle retomba sous le choc, puis remonta pour se refermer sur son dos. Dévoré d'impatience, presque désespéré, il tira d'un coup sec sur son chemisier.

— Non, non, laisse-moi faire...

Respirant avec peine, elle se rassit et frissonna. Puis ce langoureux sourire à la grâce toute féminine se répandit sur son visage. Voyant qu'il la dévorait des yeux, elle déboutonna un à un les boutons de son chemisier.

— Cette fois, c'est moi qui prends la direction des opérations, lui dit-elle en se déshabillant sans hâte. Reste allongé et prends.

— Tu m'as fait monter pour ça, n'est-ce pas ?

Elle inclina la tête sur le côté et dégrafa son soutien-gorge.

— Oui, et alors ?

Lorsque la fine pièce de lingerie disparut pour révéler ses jolis seins blancs, il laissa échapper un long soupir de volupté.

— Alors... j'apprécie.

— Caresse-moi... Je passe des heures, la nuit, à rêver que tu me caresses.

Il effleura sa peau du bout des doigts, vit ses yeux s'embrumer.

— Je n'étais pas prêt à laisser les choses en arriver là.

— Moi, je n'étais pas prête à te laisser le choix.

Elle était douce comme un pétale de rose, exactement telle qu'il se l'était imaginé. Il voulait être doux, attentif avec elle, mais il ne pouvait plus se réfréner. Lorsqu'elle se pencha, tout le poids du corps reposant sur ses bras, pour unir de nouveau sa bouche à la sienne, il ne put empêcher ses mains de l'étreindre sauvagement, avidement.

Il esquissa un mouvement et jura une fois de plus en sentant la douleur se réveiller dans ses côtes.

— J'ai envie… je veux… te sentir sous moi, sentir ton corps sous mes lèvres.

Au mépris de la douleur, il roula sur lui-même et se redressa.

— Attends, tu vas te faire mal.

— Ne parle pas, ne parle pas...

A moitié fou de désir, il sillonna le creux de son épaule, humant sa peau. Et lorsque sa bouche erra le long de sa gorge, ils se mirent à gémir de concert.

Leurs cœurs battaient à un rythme frénétique, tandis qu'ils s'étreignaient sans parvenir à se rassasier l'un de l'autre. Son corps, pesant glorieusement sur elle, donnait l'impression à Camilla de nager sous des nuages orageux, à la lisière du cyclone.

Désirer et être désirée ainsi, pour elle-même, lui donnait le vertige et le sentiment d'être forte. Et parfaitement sûre d'elle.

116

Grisée, elle glissa les mains dans ses cheveux, les caressant inlassablement.

Sous eux, le lit gémissait. Au-dessus de leurs têtes, la pluie continuait de marteler le toit. La lueur des bougies vacillait dans la brise humide, s'infiltrant par la fenêtre entrouverte.

Et son jean frotta le sien lorsqu'elle se cambra sous lui. Elle frissonna quand il se débattit avec le bouton.

« Si douce, si délicieuse... », songea Del haletant, tout en descendant la glissière de sa fermeture Eclair. Elle se frottait déjà contre lui, sa gorge produisant de petits geignements sensuels. Son esprit était empli d'elle, de son odeur, de son corps, de sa saveur.

Mais il voulait plus.

Ses doigts se glissèrent derrière la mince barrière de coton pour pénétrer en elle. Ses geignements se transformèrent en grognements, et ses gémissements en une série de hoquets. Lorsqu'elle s'enflamma sous sa main, il pressa son visage contre son ventre et vibra avec elle au rythme de son plaisir.

Quand sa bouche descendit plus bas, elle s'agrippa au matelas, se préparant au prochain assaut de ses sens. Son esprit était confus, son corps transformé en boule effervescente, alors qu'une nouvelle vague de sensations déferlait sur elle. Il était incroyable de ressentir autant de plaisir tout en restant aussi affamée.

Il descendit son jean sur ses cuisses, avide de découvrir une autre parcelle de son corps. Mais son épaule endolorie céda sous l'effort, et lorsqu'il s'affala sur elle, elle laissa échapper un cri, puis rit en l'entendant jurer.

— Attends, je vais t'aider.

— Laisse-moi une minute.

— Impossible. Je ne peux pas attendre.

Riant toujours, elle se contorsionna et parvint à se dégager de sous son poids. A moitié nue et vibrante de désir, elle le tira sur le côté et le fit rouler sur le dos.

Elle rit encore plus en voyant son visage crispé de colère et de frustration.

— Attends que je retrouve mon souffle, tu vas voir…

— Oh oui, je tremble !

Elle fila hors du lit et se sentit tout émoustillée en se débarrassant de son jean.

La modération, admit-il en son for intérieur, était une perte de temps dans certaines circonstances.

— Viens ici.

— C'est bien mon intention.

Elle le rejoignit et lui déboutonna son jean. Elle tira sur la toile d'un coup sec, le débarrassant en même temps de son pantalon et de son slip. Puis son regard erra sur lui, et s'attarda.

— Oh, mon amour...

Elle inspira profondément, lâcha une longue expiration, puis l'enfourcha.

— Mets tes mains sur moi. Del, embrasse-moi encore.

— Autoritaire, avec ça !

Mais il prit sa nuque entre ses paumes et attira sa bouche vers la sienne.

Elle s'engouffra dans ce langoureux baiser, lent et profond. Et lorsqu'elle sentit ses mains sur son corps, leur étreinte devint aussi ardente qu'impérieuse.

— Dis-moi que tu me veux, murmura-t-elle. Dis-moi que tu me veux et appelle-moi par mon prénom.

— Camilla..., dit-il dans un souffle, l'écho de son prénom se répercutant au plus profond de lui. *Je te veux*.

Elle se redressa et, le cœur battant, le guida à l'intérieur d'elle.

Elle se cambra alors sous le choc, recueillant chaque goutte de volupté jusqu'à ce que toutes les cellules de son corps soient prêtes à s'embraser dans la gloire de leur union.

Il referma ses mains sur ses seins. Les recouvrant des siennes, elle commença à se mouvoir. A se balancer. A les emporter dans un tourbillon de folie.

Elle était si belle... Il ne savait pas comment le lui dire. Mince et blanche, avec cette luminescence rose qui irradiait sous sa peau translucide. Ses cheveux formaient un casque flamboyant autour de son visage. Et la lueur des bougies se réfléchissait, tel de l'or, dans ses yeux voilés de plaisir.

Il ne pouvait respirer sans se gorger de son souffle.

Il la contempla, tandis qu'elle le chevauchait de nouveau, emportée sur la crête d'une nouvelle vague de plaisir. Incroyablement excité, il regardait ce long corps adorable aller et venir contre le sien, irradiant sensation sur sensation comme un feu de salve.

Il voulut enrouler ses bras autour d'elle, la tenir captive dans ses chaînes. Mais il était immobilisé par ses propres blessures, et les exigences inlassables de son corps noué au sien.

Il lutta pour se maîtriser une minute de plus. Puis une autre. Mais tout, en lui, aspirait au vertige du relâchement. Et son corps céda soudain, se fondit dans l'extase, tandis qu'elle renversait la tête en poussant un long cri de triomphe.

Un chat, ayant bu jusqu'à la dernière goutte un plein bol de lait, n'aurait pu se sentir plus repu... Ainsi se sentait Camilla, alors qu'elle baignait dans les dernières lueurs de l'amour.

Tout, chez cet homme, était délicieux.

Elle aurait aimé s'allonger sur lui et se perdre dans sa chaleur. Mais il gisait immobile, et s'il n'y avait eu le bruit régulier de sa respiration, on aurait pu croire qu'il était mort.

Elle enjamba son corps pour s'installer du côté qui ne le faisait pas souffrir, et déposa un baiser sur son épaule.

— Je t'ai fait mal ?

Il avait mal partout. Ses contusions l'élançaient comme si mille démons s'agitaient sous sa peau. En cet instant, la douleur et la béatitude se mêlaient si étroitement qu'il n'aurait su dire laquelle de ces sensations l'emportait. Mais il se contenta de grogner.

Les sourcils arqués, elle se redressa sur un coude et scruta son visage. Elle aurait dû l'aider à se raser, songea-t-elle. Même s'il y avait quelque chose de mystérieusement érotique à sentir sa barbe piquante râper sa peau nue...

Il ouvrit alors les yeux.

— Quoi ? demanda-t-il.

— Tu essaies de te persuader que ce qui vient de se passer n'aurait pas dû avoir lieu. Ça ne marchera pas.

Plus tard, décida-t-il, il tâcherait de savoir si cette incroyable capacité de lire dans ses pensées l'irritait ou l'amusait.

— Pourquoi pas ? reprit-il. Je suis doué pour ça.

— Oui. Mais tu me désireras de nouveau dès que tu auras récupéré. Donc, pas la peine de jouer les affligés.

— Tu es terriblement sûre de toi, n'est-ce pas ?

— Pas toujours.

Elle se pencha et l'embrassa.

— Mais sur ce point, oui, ajouta-t-elle.

— Eh bien, soit, mais tu fais erreur, bouche de rêve.

Lui jetant un regard sombre, elle ne vit pas sa main s'approcher pour se refermer possessivement sur sa poitrine.

— Car j'ai déjà envie de toi... Pourtant, il est possible que je ne me relève jamais de ce premier round.

— Moi, je suis sûre que tu en seras capable. Mais auparavant, je vais descendre te chercher de la glace.

— Je pense que tu ferais mieux de rester un peu tranquille.

Afin de l'obliger à suivre son conseil, il repoussa le coude de Camilla, de telle sorte que sa tête vint retomber sur son épaule valide.

— Tu es solide comme un roc, murmura-t-elle.

— N'essaie pas de me stimuler par des flatteries. Je vais dormir une demi-heure.

— Laisse-moi au moins…

— Mmm...

Cette fois, il résolut le problème en passant un bras autour d'elle et en plaquant une main sur sa bouche pour l'empêcher de protester.

Elle plissa les yeux, songeant à le mordre. Avant qu'elle ait pu s'y résoudre, la pression de ses doigts s'était relâchée, et sa respiration s'était ralentie. A son grand étonnement, elle vit qu'il tenait parole. Il s'était endormi comme une masse.

Trente minutes plus tard, après qu'elle fut passée du dépit à un profond sommeil, il la réveilla d'un baiser éblouissant. Son esprit refit surface, luttant pour s'y maintenir, puis replongea dans le sommeil.

Quelque temps après, alors qu'elle gisait sur le lit, éveillée et béate, il roula sur le côté, marmonna quelques mots incompréhensibles à propos de ces fichues bougies qu'il fallait éteindre, et se rendormit aussitôt.

Longtemps après, Camilla fixait le plafond, souriant avec extase. Elle s'était découvert une passion et celle-ci avait un nom : Delaney Caine. L'homme qu'elle allait épouser, qu'il le veuille ou non.

Comme chaque matin, elle fut sur pied avant lui. Elle prépara du café et décida d'emporter sa tasse avec elle sur les bords de l'étang. Del méritait un peu de repos.

Ils devraient, bien sûr, partager leur temps entre le Vermont, les fouilles, la Virginie et Cordina. Une vie riche et pleine s'ouvrait devant eux.

Il aimerait sa famille, et eux l'aimeraient aussi. Une fois qu'ils auraient appris à se connaître, songea-t-elle en se mordant les lèvres.

Elle se doutait que le protocole et les formalités officielles auxquelles elle était soumise à Cordina ne le réjouiraient pas. Mais il s'y habituerait. Après tout, le mariage n'était-il pas aussi fait de concessions mutuelles ?

Evidemment, il fallait d'abord le convaincre qu'il voulait l'épouser… et avant cela, qu'il était amoureux d'elle…

Il l'était. Forcément. Elle n'aurait jamais éprouvé un tel sentiment s'il n'avait été partagé. Elle se promena dans les bois, observant les rayons du soleil levant qui jouaient entre les branchages frémissants.

Mais, pour l'heure, elle se contenterait de savourer le moment présent, ce temps dévolu à la séduction et au plaisir de la découverte mutuelle.

Une fois parvenue à l'étang, elle s'assit sur une souche. Un joli banc abrité pourrait être installé à cet endroit, se dit-elle. Il faudrait qu'ils y réfléchissent. Et peut-être ferait-elle pousser des nénuphars d'eau, le long des rives.

Des petits changements, des touches subtiles. Pas de transformations majeures. De la même manière qu'elle n'envisageait pas de changer quoi que ce soit de fondamental en ce qui concernait Del.

Elle avait laissé son empreinte dans le chalet, non ? Mais elle en avait respecté l'esprit et le charme. Elle pouvait difficilement témoigner moins de respect à l'homme qu'à sa demeure !

Non, elle aimait l'homme tel qu'il était. Ses lèvres esquissèrent un sourire tandis qu'elle levait sa tasse. Il était exactement comme elle le souhaitait.

Lorsqu'ils seraient accoutumés à leur nouveau mode de relations, elle lui parlerait de ses origines familiales et de son rang. Dans une semaine, décida-t-elle. Elle avait bien le droit de s'octroyer une petite semaine supplémentaire.

Mais comment, le moment venu, lui présenter les choses ?

Elle pourrait commencer par son père. Mentionner, en passant, que son père avait eu de hautes responsabilités, qu'il s'était ensuite reconverti dans la protection rapprochée et avait acheté des terres en Virginie parce qu'il désirait exploiter une ferme… Que ses grands-parents paternels et maternels étaient amis… Et que c'était pour cette raison que son grand-père maternel avait appelé à l'aide le fils de son vieil ami, quand sa fille avait eu des problèmes.

Un peu confus, songea Camilla, mais c'était néanmoins un bon début. Ensuite, elle pourrait lancer quelque chose comme : « Oh, t'ai-je dit que ma mère vient de Cordina ? »

Cela devrait, a priori, déblayer le terrain. Avec un peu de chance, Del lancerait une remarque, ou lui poserait quelque question anodine, et alors elle pourrait glisser, d'une manière désinvolte, que son oncle, le frère de sa mère, était son Altesse royale Alexander de Cordina.

Il se mettrait probablement à rire et lui lancerait quelque chose comme : « Et toi, tu es la reine de Mai, c'est ça ? »

Elle rirait à son tour, et répondrait d'un ton léger : « Non, non, je suis juste une princesse en vacances ».

Mais cela ne marcherait jamais, estima-t-elle.

Frustrée, elle jura en français et posa son menton dans le creux de sa paume.

— Tu viens ici pour injurier les canards ?

Elle laissa échapper une exclamation, renversant du café sur sa main. Puis elle bondit sur ses pieds et pivota pour lui faire face.

— Je préfère quand tu marches comme un éléphant.

Et Del, de son côté, aurait préféré ne pas passer son temps à penser à sa beauté.

Il s'était réveillé en tâtant le matelas désert à côté de lui. Ensuite, il avait paniqué en découvrant qu'elle n'était pas non plus dans la maison. A l'idée qu'elle était peut-être partie, il s'était précipité dehors en courant à perdre haleine.

Mais à présent c'était pire, cent fois pire, parce qu'elle n'était pas partie. Elle se tenait là, le soleil et l'eau derrière elle, comme un personnage échappé d'un conte de fées.

Les reflets dans sa chevelure étaient tels des diamants sur une couronne. Ses yeux, plus dorés que bruns, paraissaient extraordinairement intenses sur sa peau claire et fraîche. Sa bouche — son adorable bouche — esquissait un demi-sourire.

Il avait envie, tout autant que la nuit précédente, de la prendre dans ses bras.

Et c'était complètement fou.

— Je n'ai pas vu trace du petit déjeuner.

— Parce que je ne l'ai pas encore préparé. Je pensais que tu dormirais plus longtemps.

— Nous avions dit que nous commencerions plus tôt, ce matin.

— En effet.

A présent, elle souriait pleinement.

— Je n'étais pas sûre que cela tenait toujours, après cette nuit.

Comme il ne venait pas à elle, elle se déplaça et passa une main dans ses cheveux.

— Comment te sens-tu ?

— Ça va. Ecoute, au sujet de la nuit dernière…

— Oui ?

— Nous n'avons pas parlé de… Ecoute, il n'y a pas de chaînes, ici.

Une boule se forma dans sa gorge, mais elle tâcha de ne pas y prendre garde.

— Est-ce que j'ai essayé de t'enchaîner, quand tu dormais ?

— Je ne dis pas ça... Je tiens juste à mettre les choses au clair, puisque nous ne l'avons pas fait hier. Nous nous aimons bien, ne nous compliquons pas la vie. Et quand ce sera fini, ce sera fini.

Le frapper n'aurait pas été un acte très raffiné, sans compter qu'elle ne croyait pas à la violence physique. Elle sourit tranquillement.

— Alors, pourquoi se faire du souci ?

Arborant une expression aimable, conciliante, même, elle laissa ses mains errer sur son torse, puis, après un léger survol de ses épaules, les glissa dans ses cheveux. Et noua sa bouche à la sienne pour un long baiser ardent.

Elle attendit qu'il ait glissé sa main dans son dos pour s'écarter prestement, le laissant tout émoustillé.

— Je vais préparer des œufs brouillés, ensuite nous nous mettrons au travail.

Ses yeux étincelaient de rage et de défi lorsqu'elle commença à rebrousser chemin. Mais ils lui sourirent de la manière la plus amicale lorsqu'elle se retourna en agitant la main.

« Attends un peu, espèce de sauvage ! songea-t-elle avec une certaine affection, lorsqu'il la prit par la main pour retourner au chalet avec elle. Tu vas voir ce qui t'attend ! »

8.

La semaine suivante fut une période d'accalmie. Accalmie toute relative, estima Camilla, dès lors que Delaney se trouvait là. Il avait un côté bougon et râleur, mais elle en était venue à l'accepter ; pour tout dire, cela faisait même partie de son charme.

Elle fit une razzia dans sa bibliothèque d'archéologie. Même s'il lui reprochait en marmonnant de mettre la pagaille dans ses affaires, elle savait qu'il était ravi de l'intérêt sincère qu'elle portait à son travail.

Lorsqu'elle lui posait des questions, il répondait en rentrant de plus en plus dans les détails. Ils avaient pris l'habitude, en outre, de discuter des livres qu'elle lisait. Au point qu'il lui conseillait même, en affichant une certaine désinvolture, un autre ouvrage ou un passage susceptible de l'intéresser.

Lorsqu'il lui donna une petite hache provenant de sa collection personnelle, elle chérit ce trésor plus que s'il s'était agi de diamants.

C'était plus qu'un cadeau, songea-t-elle. Et bien plus qu'un dédommagement pour son travail. C'était un symbole.

Il maugréa à peine quand il dut la conduire en ville pour qu'elle récupère sa voiture de location.

Ils avançaient à grands pas, tous les deux. Camilla réussit également à en savoir plus sur sa famille. Elle apprit ainsi que son père était anglais, diplômé d'Oxford, et qu'il avait rencontré sa mère, américaine, sur un chantier de fouilles que M. Caine père dirigeait dans le Montana.

Il avait donc passé une partie de son enfance en Angleterre, une autre dans le Vermont, et le reste dans des mobil-home ou sous la tente, un peu partout à travers le monde.

La hache qu'il lui avait offerte avait été déterrée de ses propres mains, dans le Kent, quand il n'était encore qu'un enfant. Cela la rendait deux fois plus précieuse aux yeux de Camilla.

Il lisait le sanscrit et le grec, et avait même été, un jour, mordu par un serpent corail. La cicatrice, juste sous son épaule gauche, résultait d'un coup de couteau donné par un ivrogne dans un bar du Caire. Pour Camilla, tout cela semblait incroyablement romantique.

Elle se rendit en ville pour envoyer une première partie de son rapport et sa correspondance. « Leur » rapport, corrigea-t-elle dans un accès de suffisance. Après tout, n'avait-elle pas influencé sa forme et son contenu en lui proposant des modifications qu'il avait acceptées avec quelques grognements approbateurs ?

Ils formaient une bonne équipe.

Lorsqu'ils faisaient l'amour, elle avait l'impression qu'il n'y avait plus qu'eux au monde. Le passé et l'avenir perdaient tout sens pour se fondre dans un présent extraordinairement intense et excitant. Elle savait, à la façon dont il la regardait quand leurs corps s'unissaient, à la façon dont ses yeux fixaient intensément les siens, qu'il éprouvait la même chose qu'elle.

Aucun des hommes qu'elle avait rencontrés dans sa vie n'avait eu un tel impact sur elle. Sur son cœur, son corps et son esprit. Elle espérait produire sur lui le même effet.

« Pas de chaînes », songea-t-elle avec un léger reniflement de dédain. Typique ! S'il ne voulait pas de chaînes, pourquoi se joignait-il désormais à elle quand elle partait se promener dans les bois ? Pourquoi répondait-il patiemment à ses questions ?

Pourquoi le surprenait-elle parfois en train de la regarder, comme si elle était un mystère qu'il voulait élucider ?

Et pourquoi se penchait-il aux moments les plus inopportuns, pour capturer sa bouche dans un baiser qui électrisait tous les neurones de son cerveau ?

Cet homme était amoureux d'elle. Point à la ligne. Il était simplement trop buté pour s'en rendre compte. Ou plutôt pour vouloir l'admettre.

Elle lui laisserait encore un peu de temps avant de lui avouer qu'elle était amoureuse de lui. Et lorsqu'il se serait familiarisé avec cette idée, elle lui révélerait l'autre partie de son existence.

Lorsqu'elle fit un détour par le magasin d'antiquités, elle était d'humeur sereine. Elle voulait proposer sa montre à Sarah. Il était mortifiant d'être à court d'argent liquide et d'être obligée de demander de l'argent à Del chaque fois que quelque chose venait à manquer au chalet.

Sans compter que si elle participait aux dépenses de la maison, elle pourrait plus facilement lui demander de s'investir dans les tâches domestiques. Il était temps qu'il lave quelques assiettes…

— Bonjour.

Elle lança un sourire à Sarah en se frayant un chemin dans la boutique.

Sarah retourna le magazine qu'elle était en train de feuilleter.

— Bonjour… Ah, mademoiselle Breen.

— J'ai vu que vous aviez un assortiment de bijoux et de montres laissés en dépôt par des clients.

— Oui, répondit la jeune femme avec circonspection, tout en étudiant le visage de Camilla.

— Je me demande si vous seriez intéressée par ceci, dit Camilla en détachant sa montre.

— C'est une belle pièce. Hum…

Après un moment d'hésitation, Sarah retourna l'objet et laissa ses doigts errer sur l'or fin avant d'étudier les petits diamants incrustés sur le pourtour.

— Ce n'est pas le genre de choses que nous…

Elle n'acheva pas sa phrase et se contenta de relever les yeux sur Camilla.

— Pas de problème, dit celle-ci. Je voulais simplement savoir si cela pouvait vous intéresser. J'irai voir le bijoutier.

— C'est vous alors ? murmura Sarah, les yeux écarquillés.

Un gargouillis s'étrangla dans la gorge de Camilla, mais son visage demeura impassible.

— Je vous demande pardon ?

— Je me disais… quand vous êtes venue l'autre jour… Je savais que je vous avais déjà vue quelque part.

— Je ressemble à beaucoup de monde.

Camilla reprit sa montre d'une main qui ne tremblait pas.

— Merci.

— Princesse Camilla…

Sarah porta la main à sa bouche.

— Je n'arrive pas à y croire. La princesse en personne dans ma boutique. Vous êtes ici. Et là aussi !

Triomphalement, elle retourna le magazine.

Avec un pincement au cœur, Camilla vit son propre visage étalé en pleine page, avec un titre racoleur le vantant comme l'un des plus beaux du monde.

— Vous avez coupé vos cheveux. Votre merveilleuse chevelure…

— Oui.

Résignée, Camilla soupira.

— Le moment de changer était venu.

— Vous êtes superbe. Même mieux…

S'interrompant, Sarah pâlit.

— Oh, pardonnez-moi… Votre Altesse.

Elle esquissa une rapide révérence qui fit danser sa queue-de-cheval.

— Non, je vous en prie.

S'efforçant de sourire, Camilla jeta un regard en direction de la porte, priant le ciel pour que personne ne rentre.

— Je voyage incognito. J'aimerais vraiment que notre entrevue reste secrète.

— Après votre passage, la semaine dernière, votre visage me trottait dans la tête, et puis j'ai eu une illumination. C'était vous.

— Oui, c'était bien moi. Sarah...

— Ce Del, quand même !

Tout excitée, Sarah continuait de babiller.

— Je sais bien qu'il faut toujours lui tirer les vers du nez, mais là, il pousse le bouchon un peu loin ! Son Altesse réside chez lui, et il n'en dit pas un mot.

— Il n'est pas au courant. Et j'aimerais aussi que cela reste entre nous, au moins jusqu'à... Oh, Sarah...

Se mordant la lèvre, Sarah s'empressa de contourner le comptoir, désireuse de la consoler, mais se retint au dernier moment de la prendre par le bras. Ce n'était certes pas un geste qu'elle pouvait s'autoriser.

— Voulez-vous boire quelque chose, Votre Altesse ? proposa-t-elle.

— Oui, avec grand plaisir. Merci.

— J'ai... Oh, mon Dieu, je suis tellement troublée ! J'ai du thé glacé dans mon bureau.

— C'est vraiment très aimable à vous.

— Oh, ce n'est rien. Laissez-moi juste... Je vais accrocher un écriteau.

Elle se précipita vers la porte, revint, puis, se tordant les mains, ne put s'empêcher d'esquisser une autre révérence.

— C'est derrière le comptoir. Ce n'est pas extraordinaire, mais...

— Je serais ravie de boire quelque chose de frais.

Elle suivit Sarah dans le petit bureau et prit place sur un siège pivotant, tandis que celle-ci bataillait avec la porte du réfrigérateur.

— Je vous en prie, ne soyez pas nerveuse. Je ne suis pas différente de celle que vous avez rencontrée la semaine dernière.

— Je vous demande pardon, Votre Altesse, mais vous ne pouvez plus être la même.

— Il n'est pas nécessaire que vous vous adressiez à moi par mon titre, dit Camilla d'un ton las. En l'occurrence, je préférerais que vous m'appeliez simplement par mon prénom.

— Je ne pense pas en être capable. Vous voyez, depuis mon enfance, je lis tout ce qui se rapporte à vous et votre famille. Nous avons quasiment le même âge, et je m'imaginais à votre place, dans un palais, revêtue de tous ces beaux habits. Je rêvais d'être une princesse. Je suppose que c'est le cas de toutes les petites filles...

Elle se tourna vers Camilla, les yeux brillants.

— Est-ce merveilleux comme on le croit généralement, d'être une princesse ?

— Cela peut l'être. Sarah, j'aurais une grande faveur à vous demander.

— Tout. Tout ce que vous voulez.

— Vous ne le direz à personne ?

Sarah cligna des yeux tandis que Camilla reprenait :

— Cela peut être merveilleux parfois d'être une princesse, mais pas toujours. Il y a des moments où l'on se sent un peu comme dans une prison. Quand j'étais enfant je rêvais très souvent de n'être qu'une petite fille comme les autres. Une gamine ordinaire. Aujourd'hui, je veux avoir l'occasion de réaliser ce rêve.

— Vraiment ? Je suppose que nous voulons toujours ce que nous n'avons pas.

Elle tendit un verre de thé glacé à Camilla.

— Je ne le répéterai à personne. Cela va littéralement me tuer, avoua-t-elle dans un rire, mais je ne dirai rien. Pourriez-vous, si cela ne vous dérange pas, me dédicacer ce journal ?

— J'en serais enchantée.

— Vous êtes plus sympathique que je ne l'aurais cru. J'ai toujours pensé que les princesses étaient... disons... un peu snobs.

— Oh, nous pouvons l'être !

Camilla sourit et but son thé glacé à petites gorgées.

— Cela dépend des circonstances.

— Peut-être, mais, pardonnez-moi, vous paraissez si... *normale*.

Le sourire de Camilla se réchauffa, ainsi que ses yeux.

— C'est le plus beau compliment que vous puissiez me faire.

— Avec de la distinction, bien sûr. Je l'ai remarqué tout de suite. Mais Del...

Les yeux de Sarah s'écarquillèrent.

— Del ne sait pas ?

Camilla sentit une pointe de culpabilité la transpercer.

— L'occasion ne s'est pas présentée.

— C'est tout lui !

Sarah leva ses mains.

— Cet homme vit sur une autre planète ! Quand nous sortions ensemble, il oubliait mon prénom, la plupart du temps. Il me rendait folle ! Alors, il me souriait ou disait quelque chose de drôle pour me faire rire, et je cessais de lui en vouloir.

— Je comprends ce que vous voulez dire.

— C'est un homme merveilleux d'un côté, désespérant de l'autre.

Elle s'empara de son verre, et faillit le renverser en découvrant l'expression rêveuse de Camilla.

— Mon Dieu... Seriez-vous amoureuse de lui ?

— Oui. Et j'ai besoin d'un peu de temps pour qu'il se fasse à cette idée.

— C'est romantique ! Romantique en diable. Et absolument parfait, quand on y pense.

— Ça l'est pour moi, admit Camilla en se levant. Je suis votre débitrice, Sarah, et je ne l'oublierai pas.

Lorsqu'elle lui tendit la main, Sarah essuya rapidement la sienne sur son pantalon avant de la serrer.

— Je suis heureuse de pouvoir vous aider.

— Je viendrai vous voir avant mon départ, promit Camilla, revenant sur ses pas pour reprendre sa montre.

Sarah se mordit la langue.

— Votre Altesse... euh... Avez-vous réellement l'intention de vous en séparer ?

— Oui. Pour tout dire, je manque de liquidités, en ce moment.

— Je ne peux pas vous en donner sa valeur, loin s'en faut. Mais je peux… je peux vous prêter cinq cents dollars. Et je vous offre l'encrier que vous aimez tant.

Camilla observa la jeune femme. Celle-ci paraissait nerveuse et intimidée en sa présence. Mais cela ne l'empêchait pas de vouloir l'aider. Un autre cadeau, songea Camilla, qu'elle conserverait précieusement.

— Quand j'ai commencé cette sorte de quête, je voulais me découvrir… mais voir, aussi… je ne sais pas exactement, peut-être simplement voir les choses sous un autre angle. C'est un tel bonheur d'avoir trouvé une amie. Prenez la montre, et considérerons que c'est un échange.

Del sortit pour la centième fois sur le devant de la maison, afin de scruter le chemin troué d'ornières. Combien de temps lui fallait-il pour faire de simples courses ? C'était le problème avec les femmes : elles étaient capables de transformer une sortie en ville en pèlerinage !

Il voulait déjeuner, avaler une tasse de café chaud, et répondre à la demi-douzaine de mails qu'il avait reçus le matin même.

Toutes tâches, était-il obligé d'admettre, qu'il pouvait assumer lui-même. Et que, du reste, il avait toujours assumées.

Sa vie, songea-t-il en enfonçant les mains dans ses poches, était sens dessus dessous depuis qu'elle était là. Elle semait la pagaille dans ses affaires, éparpillait son attention et bouleversait ses habitudes.

Il aurait dû la laisser sur le bord de la route, l'autre nuit. Ainsi, tout serait resté comme avant. Il ne voulait pas s'encombrer d'une femme qui empiétait sur son espace vital… et mental.

Qui était-elle donc, en définitive ? Il y avait un paquet de secrets, dans cette petite tête bien faite ! Si elle avait des problèmes, pourquoi ne lui en parlait-elle pas ?

Elle pouvait pourtant lui parler, se confier à lui, compter sur son aide…

Et depuis quand, par tous les diables, avait-il commencé à se voir comme un chevalier, volant au secours des femmes en difficulté ?

C'était parfaitement ridicule !

Et pourtant, il voulait l'aider, lui apporter le soutien nécessaire. Parce qu'il avait enfreint une de ses propres règles… *Il était tombé amoureux d'elle.*

Voilà qui était fichtrement plus inconfortable que des côtes brisées…

Peut-être devrait-il aller à sa rencontre ? Elle était partie depuis deux heures… Elle avait déjà eu un accident, ce qui signifiait qu'elle pouvait en avoir un second. Peut-être gisait-elle en sang sur le volant de sa voiture. Ou même…

Juste à l'instant où il envisageait le pire, un bruit de moteur se fit entendre. Furieux contre lui-même, il se hâta de rentrer dans la maison, pour ne pas être vu en train de guetter son retour.

Il effectua deux fois le tour du salon, puis s'arrêta et réfléchit.

L'amour…

Selon elle, c'était quelque chose de vital, d'indispensable à toutes les civilisations. Peut-être devait-il lancer un coup de sonde là-dedans et voir ce qu'il en retirerait.

Il entra nonchalamment dans la cuisine alors qu'elle déposait un sac rempli de courses sur la table.

— J'ai tes factures pour le courrier en express, dit-elle.

— Bien.

Et comme il en avait envie, il lui caressa les cheveux.

Elle lui jeta un regard dénué d'expression et se tourna pour ranger un pack de lait dans le réfrigérateur.

— Il y avait des lettres pour toi, reprit-elle.

Se rembrunissant, elle se frotta les tempes où un mal de tête commençait à se faire sentir.

— Je crois que je les ai laissées dans la voiture.

— Pas de problème.

Il se pencha pour humer le parfum de son cou.

— Tu sens bon.

— Je quoi ? Oh, merci...

Elle tapota son épaule et s'empara du filet de pommes de terre nouvelles qu'elle avait achetées en prévision du dîner.

Bien décidé à attirer son attention, il lui tendit une autre perche.

—Comment se fait-il que les femmes mettent toujours… Ah ! Tu n'aurais pas perdu du poids ? demanda-t-il, subitement inspiré.

— Ça m'étonnerait. J'ai plutôt pris un ou deux kilos, si ce n'est pas plus.

Elle prit du café dans l'armoire et se prépara à le moudre.

Del plissa les yeux. Puisque les mots étaient sans effet, il irait droit au but.

Il la prit dans ses bras et se dirigea vers l'escalier.

— Qu'est-ce que tu fais ?

— Je t'emmène dans ma chambre.

— Ah oui ? Tu devrais me le demander avant, d'autant que je n'ai pas fini de ranger les courses.

Del s'arrêta sur la première marche et l'empêcha de poursuivre en plaquant sa bouche sur la sienne.

— Dans certaines civilisations, dit-il en reculant légèrement la tête, les femmes signalent leur désir en remplissant le garde-manger. Je ne fais que répondre à des signaux traditionnels.

L'inquiétude croissante qui la rongeait céda le pas à l'amusement.

— Dans quelles civilisations ? demanda-t-elle, tandis qu'il continuait de gravir les marches.

— La mienne. C'est une nouvelle tradition.

— C'est romantique à souhait !

Elle se blottit contre lui.

— Je pense que je t'ai manqué.

— Manqué ? Où étais-tu, au fait ?

Lorsqu'elle soupira, il la jeta sur le lit. Et quand elle rebondit sur le matelas, il fit rouler son épaule convalescente.

— Je me suis fait mal en te portant. Tu as peut-être pris du poids, tout compte fait.

Elle se redressa sur les coudes.

— Oh, vraiment ?

— Ne t'inquiète pas. On va arranger ça très vite. Un peu d'exercice…

Et il se jeta sur elle.

Légèrement désarçonnée par son humeur joviale, assez inhabituelle, elle rit. Et lorsqu'il la fit rouler sur le lit, elle en oublia tous ses soucis.

— Tu es lourd, dit-elle en le repoussant. Et tu n'es pas rasé. Et tes bottes sur les draps propres !

— Ah là là ! dit-il en lui passant les mains autour du cou avant de refermer sa bouche sur la sienne.

Il sentit son pouls s'accélérer puis s'emballer, ses mains devenir molles, son corps se faire aussi flexible qu'une liane.

Il effleura sa mâchoire avec ses lèvres.

— Tu disais ?

— Tais-toi et embrasse-moi.

Il captura ses poignets dans une main et utilisa l'autre pour déboutonner son chemisier.

— Es-tu en train de me signifier ton désir ?

Il laissa un doigt descendre vers le centre de son corps, et joua avec le bouton de son pantalon, observant les réactions de son visage.

— J'aime bien envoyer des signaux clairs et directs.

Elle sentit l'air s'amasser dans ses poumons et sa respiration devenir rauque.

— Ton garde-manger ne désemplit pas depuis que suis là, non ?

— Un bon point en ta faveur.

Il abaissa la glissière de sa fermeture Eclair, frôlant sa peau nue avec la jointure de ses doigts.

— Tu en meurs d'envie depuis un moment, n'est-ce pas ?

— Si tu commences à fanfaronner…

— Peut-être même espérais-tu que je vienne te retrouver dans ton lit, continua-t-il en descendant le long de sa cuisse.

— Je n'ai jamais…

Ses reins se cambrèrent, sa respiration devint sifflante.

— Mon Dieu, Del…

— Laisse-moi te montrer ce que j'avais en tête.

Maintenant ses mains prisonnières, il la toucha, la projetant sur la vague montante d'un plaisir intense, et étouffa de sa bouche son cri d'étonnement.

Lorsqu'il sentit sa respiration s'apaiser, il referma ses dents sur un de ses seins, et mordilla le téton tendu au travers de son soutien-gorge.

Il abaissa les bretelles de la fine pièce de lingerie, se fraya un chemin vers le creux de son épaule, pendant que sa main explorait, butinait, festoyait.

Humide et déchaînée sous lui, elle frémit, puis monta, redescendit, avant qu'il ne l'envoie, sans ménagement, chevaucher une nouvelle crête. Alors qu'elle tentait en vain de libérer ses mains de son emprise, son sentiment d'impuissance et de panique mêlée décupla son excitation.

Son corps se liquéfiait, et elle tremblait sous les lames de feu qui la dévoraient. Elle se cambra sous lui, le cherchant désespérément.

Elle entendit sa voix. Des mots crus et doux.

— Je te devais ça, dit-il en déchirant en deux son soutien-gorge.

Puis sa bouche, ses dents, sa langue rencontrèrent sa chair. Elle poussa un grognement guttural tandis que son corps entrait en éruption.

— Laisse-moi te toucher.

— Non, pas encore. Pas encore.

Si elle le touchait maintenant, tout finirait trop vite. Il ne savait pas qu'il pouvait devenir fou d'excitation juste en caressant une femme. Il la voulait à sa merci, brisée et gémissante.

Et il voulait prendre, prendre et prendre encore.

Il déchira sa culotte, éprouvant une sombre satisfaction en entendant le délicat tissu se fendre. Puis, avec sa bouche, il la conduisit de nouveau au bord de la folie.

Finalement, alors qu'elle croyait tout autre étreinte impossible, il pénétra en elle. Elle glissa ses mains sur ses épaules moites, chercha sa bouche avec avidité, et s'enroula autour de lui comme une plante grimpante.

— *Mon amour, mon cœur*, murmura-t-elle en français alors qu'ils roulaient à l'extrême bord du lit. *Mon amour*...

Ils s'endormirent l'un sur l'autre comme des enfants épuisés. A leur réveil, ils se rendirent directement sous la douche et voilèrent de buée les parois de la cabine, en s'étreignant une nouvelle fois sous le jet d'eau brûlant.

Prenant conscience qu'il franchissait une étape sans précédent — en s'accordant une journée de repos —, Camilla confectionna un pique-nique et l'invita à le prendre au bord de l'étang.

Les pique-niques, songea-t-il, étaient romantiques. Et l'amour était le jeu qu'ils expérimentaient.

Elle semblait heureuse. Détendue. Son visage était radieux, ses yeux emplis de douceur. S'il avait été artiste, il l'aurait sur-le-champ couchée sur la toile, et aurait intitulé son œuvre « Camilla, la béatitude ».

Il n'eut pas l'impression d'être un parfait idiot en le lui révélant.

— C'est exactement ce que j'éprouve, dit-elle.

Elle s'étira, puis leva les yeux vers une houppette de nuages dans le ciel.

— C'est si calme... J'adore cet endroit, parce qu'il me permet de me rappeler qui je suis.

— Et qui es-tu Camilla ?

Elle comprit qu'il voulait une réponse — une *vraie* réponse. Mais elle s'aperçut qu'elle était incapable de la lui donner et de briser l'enchantement de ces moments. Aussi éluda-t-elle la question.

— Une femme qui ne peut pas oublier qui elle est.

Elle prit une prune, mordit dedans, puis la lui tendit.

— J'aime bien être avec toi, Delaney.

Elle leur accorderait le reste de cette merveilleuse journée avant que Camilla de Cordina ne vienne se joindre à eux.

Del voulait être patient avec elle, bien que la patience ne soit pas son point fort. Il avait cru, il en avait même eu la certitude, qu'elle se confierait à lui. Que fallait-il faire pour que cette femme se livre ? La plupart des gens déballaient leur vie à la moindre occasion, mais elle se dérobait par une vague déclaration, avant de se refermer comme une huître.

C'était irritant, mais il allait devoir se presser. Il allait devoir lui faire comprendre qu'ils étaient... qu'il était...

Il n'avait jamais dit à une femme qu'il l'aimait.

Il pouvait la rejoindre dans la cuisine et lâcher sa déclaration tout à trac : l'affaire serait réglée. Comme un voile qu'on arrache d'un seul geste. Ou bien y aller progressivement — comme une immersion progressive dans l'eau froide d'une piscine, afin de s'habituer à la température de l'eau.

« J'aime bien sentir ta présence, pourrait-il dire. Tu pourrais t'installer ici, non ? »

Il la laisserait réfléchir un peu, puis franchirait l'étape suivante : « Je tiens à toi. » Elle aurait sûrement quelque chose à dire. Elle avait *toujours* quelque chose à dire, d'ailleurs. Qui aurait cru qu'un jour, il aimerait tant l'écouter ?

Et une fois qu'ils auraient débattu la question de long en large, il lâcherait le morceau : *Je t'aime.*

Il grimaça en entendant le son de sa voix et lança un coup d'œil vers la cuisine. Ces deux mots semblaient incongrus, dans sa bouche.

Je t'aime, réessaya-t-il, avant de lâcher un soupir de satisfaction. Plus convaincant ! *Maintenant, dis-moi quels sont tes problèmes. Je suis prêt à t'aider. Nous les réglerons ensemble.* Simple, décida-t-il. Simple et direct. Les femmes aiment les hommes pleins de sollicitude. Mais bon sang, il allait lui falloir un bon verre de whisky !

— Je sais qu'il est tard.

Nichant le combiné dans le creux de l'épaule, Camilla abaissa le regard sur son poignet avant de se souvenir que sa montre n'y était plus. Un rapide coup d'œil à la pendule de la cuisine lui apprit, après un rapide calcul, qu'il était plus d'1 heure du matin à Cordina. Pas surprenant qu'elle ait réveillé Marian.

— Non, tu arrives à point nommé. Je dormais.

— Je suis désolée. Sincèrement. Il fallait que je parle à quelqu'un.

— O.K., mais laisse-moi rassembler mes esprits. Rentres-tu à la maison ?

— Bientôt, c'est promis.

— Tu as manqué le premier essayage pour ta robe de bal. La couturière grince des dents.

— Ma robe de bal ?

Il lui fallut quelques secondes avant que le déclic ne se produise dans son esprit.

— Oh, le bal d'automne... Nous avons largement le temps. Marian, je suis amoureuse.

— Tu dis ça, mais si tu entendais les grincements de dents de la couturière, tu... Quoi ? Qu'est-ce que tu viens de dire ?

— Je suis amoureuse. C'est merveilleux. C'est terrifiant. C'est la chose la plus incroyable qui me soit jamais arrivée. Il est parfait... Oh, c'est l'homme le plus irritant de la terre, la plupart du temps, mais en fait, cela me plaît. Il est si intelligent, si amusant — et passionné par son travail.

— Camilla !

— Et il est très séduisant. Je sais qu'il ne s'agit que de l'aspect extérieur, mais n'est-ce pas formidable de tomber amoureuse de l'homme lui-même et d'être en plus séduite par son physique ?

— Camilla !

— Il est amoureux de moi. Il y vient, même si cela risque de prendre un peu plus de...

— Camilla !

— Oui ?

— Qui est-ce ?

— Oh, c'est l'homme pour qui je travaille. Delaney Caine.

— L'archéologue ? Tu es tombée amoureuse d'*Indiana Jones* ?

— Je suis sérieuse, Marian.

— Bien, mais est-ce qu'il ressemble au moins à Indiana Jones ?

— Non, je... Euh... un peu, en fait. Mais ce n'est pas ça l'important. Il ne s'agit pas d'un jeu ou d'un film, mais de ma vie. Et c'est quelque chose que je veux pour moi, quelque chose qui me paraît authentique.

— Je l'entends à ta voix. Cam, et je suis heureuse pour toi. Quand vais-je avoir l'honneur de le rencontrer ?

— Je ne peux pas te dire.

Tout en réfléchissant à la question, elle entortilla le cordon téléphonique autour de ses doigts.

— C'est là le problème. Il faut d'abord que je lui explique les choses.

— Que tu lui expliques... *les choses* ?

Un long silence s'ensuivit.

— Tu veux dire que tu ne lui as pas révélé ton identité ?

— Non, pas encore. Je ne m'attendais pas à ce que cela m'arrive. Je ne pouvais pas m'en douter, non ? Et puis j'ai voulu…

Sa voix diminua jusqu'à devenir inaudible lorsqu'elle entendit Del s'approcher de la cuisine.

— Camilla, comment peux-tu laisser les choses aller si loin et ne rien lui dire ? S'il est amoureux de toi…

— Ça, je n'en suis pas sûre, murmura-t-elle en français. Pas complètement sûre. C'est pour cela que je ne voulais pas compliquer la situation.

Elle s'éclaircit la gorge tandis que Del prenait la bouteille de whisky dans l'armoire à provisions. Étant donné qu'il était impossible de lui demander de se dépêcher ou de couper la communication avec Marian, elle poursuivit la conversation en français, maintenant sa voix à un niveau aussi bas que possible.

— Marian, j'ai droit au respect de ma vie privée. Je n'aurais pas pu rester ici, si j'avais proclamé que j'étais un membre de la famille royale. Le but du jeu, je te le rappelle, était de ne plus être, pendant quelques semaines, Camilla de Cordina.

— Le but du jeu semble avoir changé, entre-temps.

— Oui, je sais, mais je n'aurais pas pu rester là si les gens avaient appris qui j'étais. Le chalet aurait été cerné par les paparazzi, et c'est précisément, si tu te souviens bien, ce qui m'a incitée à partir en catimini.

— Si tu penses que cet homme est capable de prévenir…

— Non, bien sûr que non. Ce n'est pas ce que je voulais dire. Et je ne t'appelle pas pour discuter de ça, Marian. J'ai fait ce que je pensais devoir faire, ce qui me paraissait le mieux. Quant au reste…

142

Elle s'interrompit et coula un regard vers Del tandis qu'il se servait un verre de whisky.

— Je vais m'en occuper.

— Je suis ton amie, Camilla. Je t'aime. Je ne voudrais pas que tu souffres ou que tu sois déçue.

— Moi non plus. Préviens mes parents que je serai bientôt de retour.

— Et ta couturière ?

Camilla soupira.

— Informe Mme Monique que son Altesse ne la déshonorera pas au bal d'automne. Retourne te coucher, Marian.

Elle raccrocha, prit une boisson fraîche dans le réfrigérateur pendant que Del, lui, faisait tournoyer son whisky dans son verre.

— J'espère que cela ne te dérange pas que j'utilise le téléphone.

— Non, cela ne me dérange pas.

— J'ai réglé les frais de communication.

— Bien. J'aurais probablement eu un choc en découvrant sur ma facture un appel pour Cordina.

— Oui, je m'en doute. Je…

Elle s'interrompit et laissa retomber sa main, qui s'apprêtait à saisir un verre.

— Je parle français moi aussi, Votre Altesse.

9.

Elle savait qu'elle blêmissait. Elle pouvait sentir le sang se retirer de son visage crispé, et son cœur battre à grands coups.

Elle se raidit instinctivement.

— Je vois. Tu ne m'en avais rien dit.

— J'ai dû oublier, répondit-il calmement. Comme tu as oublié ton appartenance à la famille royale. Ce n'est qu'un petit détail sans importance.

— Je n'oublie jamais mes origines. Cela m'est interdit. Delaney…

— Bon sang, que signifie cette mascarade ? dit-il en gesticulant avec son verre à la main. C'est ta version de la princesse et du pauvre ? De la princesse qui s'offre un petit séjour parmi le peuple ?

— Tu sais très bien que ce n'est pas vrai. Tu ne peux pas penser une chose pareille.

— Alors peux-tu me dire ce que je devrais penser ?

Il gesticula encore, le liquide ambré éclaboussant les parois internes de son verre. Il n'aurait su dire pourquoi il avait une folle envie de jeter son verre contre le mur. Et encore moins pourquoi il ne céda pas à son impulsion.

— Tu fuis un amoureux ? Un de ces types qui ne rêvent que de poser la main sur « le bijou de la couronne de Cordina » ?

— C'est injuste. Je n'ai pas d'autre amoureux que toi.

144

— Seulement depuis deux ou trois semaines. Tu aurais dû m'avertir que j'avais des relations sexuelles avec une princesse. Cela aurait pimenté l'affaire.

Elle sentit ses lèvres frémir.

— C'est méchant...

— Tu veux de la justice ? Tu veux de la gentillesse ?

Sa voix, d'une douceur inquiétante, devint terriblement cinglante.

— Tu t'es trompé de bonhomme, sœurette. Tu m'as joué un sale tour, et je ne veux plus en entendre parler.

— Je ne t'ai pas joué un sale tour. Je n'ai jamais eu l'intention...

— Qu'est-ce que tu veux dire ? Allez, crache le morceau, Camilla ! Tu n'agis jamais sans avoir une petite idée derrière la tête. Tu es venue chez moi car tu voulais te jouer la comédie, et te divertir avec les gens du peuple par la même occasion.

— Ce n'est pas vrai.

La colère bouillonnait en elle, atteignant un niveau comparable à celui de son interlocuteur.

— Et c'est insultant pour nous deux.

— C'est insultant pour toi.

Il reposa son verre brutalement avant de le reprendre pour le jeter contre le mur, cette fois.

— Tu es venue chez moi en te faisant passer pour quelqu'un que tu n'étais pas. Tu mens sur toi, tu mens sur ce que tu fais. Une fermière de Virginie, mon œil !

— Mon père a une ferme en Virginie ! se contenta-t-elle de crier, redoutant de perdre toute mesure. J'y vis la moitié de l'année depuis que je suis née.

— Et l'autre moitié, dans un palais. D'ailleurs, le diadème doit mieux t'aller que le chapeau de paille.

Luttant contre la rage et la panique qui la submergeaient, elle passa une main dans ses cheveux.

— Nous avons une ferme à Cordina. Ma mère...

145

— Ta mère est d'origine française, poursuivit-il à sa place, d'un ton froid.

— Tu vois, je t'avais bien parlé de l'Europe, reprit-elle tout en sachant que l'argument était faible. Delaney, je suis exactement la même personne que celle que j'étais cinq minutes plus tôt. Je voulais simplement avoir un peu d'intimité pour…

— Un peu d'intimité ? Non mais, je rêve ! Tu as tout fait pour te retrouver dans mon lit. Tu en avais marre des étalons pur-sang ? Tu voulais améliorer ton palmarès avec quelques bourrins sans pedigree ?

Les joues de Camilla s'enflammèrent.

— Comment oses-tu ? Tu es grossier et méchant. Et c'est ignoble de transformer notre histoire en quelque chose d'aussi sordide ! Je refuse de discuter et de m'expliquer tant que tu seras d'une humeur exécrable. Pousse-toi…

— Ce n'est pas toi qui donnes des ordres ici, princesse.

Il l'attrapa par le bras avant qu'elle ait pu tenter de forcer le passage.

— Tu t'es servi de moi.

— Non !

Les larmes ne demandaient qu'à s'épancher, à rouler sur ses joues.

— Del, je voulais seulement trouver un endroit où être moi-même et avoir un peu de temps pour moi…

— Tu t'es octroyé beaucoup plus, tu ne crois pas ? Le jeu est fini, Votre Altesse. Il est trop tard pour t'expliquer.

— Laisse-moi partir.

Recouvrant son sang-froid, elle lui jeta un regard glacial.

— Je n'ai rien d'autre à ajouter. Laisse-moi partir.

— Oh, mais certainement. Je pense que le débat est clos. Tu peux préparer tes bagages et partir, puisque c'était ce que tu avais prévu depuis le départ.

La colère et la honte qui se livraient bataille en elle n'étaient rien comparées à son chagrin.

— Tu veux que je parte ?

— Tu as eu ce que tu voulais, non ? Je vais même te faciliter les choses en te laissant le champ libre.

Sa respiration se fit sifflante quand elle le vit se diriger vers la porte.

— Del... S'il te plaît, reviens. Je t'aime.

La douleur le tenaillait. Et les mots s'entrechoquèrent en sortant de sa bouche.

— Tu me brises le cœur, Camilla. Mais tente le coup avec quelqu'un d'assez stupide pour se laisser avoir. Et oublie-moi !

Il partit en claquant la porte.

Pendant une heure, il arpenta rageusement la forêt tout en maudissant les femmes. L'heure qui suivit, il erra dans les bois comme une âme en peine, les flammes de sa colère se transformant peu à peu en braises.

Elle l'aimait ? Quelle menteuse ! Elle avait eu le culot de lui faire son petit numéro de princesse en mal de solitude. Elle avait failli, également, lui faire le coup des larmes. Dieu merci, il avait décampé avant que les digues ne se rompent. Il ne supportait pas les femmes en pleurs.

Il s'arrêta pour frotter son estomac douloureux, et regarda en direction de l'étang.

J'adore cet endroit.

Il pouvait l'entendre prononcer ces paroles, voir le bonheur se refléter sur ses traits tandis qu'elle était étendue sur l'herbe, près de lui.

Elle aimait la nature. Belle affaire !

N'as-tu jamais ressenti le besoin de respirer ?

C'était le premier jour qu'elle lui avait dit ça. Elle se trouvait près de lui, avec une tension perceptible dans sa voix et sur son visage. Comme si elle se tenait au bord d'un précipice et qu'elle luttait pour ne pas y tomber.

Bon, d'accord, elle avait ses problèmes... Mais qui n'en a pas ? Cela n'excusait en rien son comportement. Tout n'avait été que

147

faux-semblants depuis le début, et elle s'était débrouillée pour qu'il tombe amoureux d'elle — sans l'avertir que la voie était sans issue… Il lui revaudrait ça !

Il s'en retourna vers le chalet. Tête baissée, mains dans les poches, il vit que sa voiture n'était plus là lorsqu'il atteignit la porte située à l'arrière de la maison. L'air absent, il fixa la place vide pendant près d'une minute.

Puis il se rua dans le chalet et monta l'escalier au pas de charge.

Ses vêtements n'étaient plus là. Elle avait même pris les pots et les tubes rangés dans l'armoire à pharmacie. Il fouilla le chalet avec une rage dévastatrice, dans l'espoir d'y trouver un mot, mais en vain.

Ainsi, elle était partie. Simplement parce qu'il lui avait crié de préparer ses bagages. Si elle n'était pas capable d'affronter une simple dispute…

Mais c'était mieux ainsi, au fond. Il était inutile de prolonger une situation sans issue. Elle retournait dans son milieu, là où elle avait toujours su qu'elle retournerait, et lui se remettrait au travail sans avoir à être dérangé toutes les cinq minutes.

Il se pencha sur ses notes, prit un feuillet au hasard, et après l'avoir reposé, s'affala sur le canapé et se mit à broyer du noir.

Elle reviendrait. Il en fut convaincu, surtout quand l'alcool commença à produire ses effets. Elle était partie sur un coup de tête, à son avis. Les femmes prenaient facilement la mouche, non ?

Le lendemain matin, tenaillé par un affreux mal de tête, il parvint à se persuader qu'il ne voulait surtout pas la voir revenir. Il aimait sa vie telle qu'elle était avant que Camilla n'y fasse irruption.

Le surlendemain, il était à cran, ressassant ses griefs. Lorsqu'elle reviendrait, songea-t-il, il lui dirait…

Mais bon sang, pourquoi ne revenait-elle pas ?

Après tout, ce n'était pas son problème. Et du reste, il serait préférable pour lui de faire ses valises et de rejoindre le site. Là était sa place.

148

Il eut un choc en prenant conscience qu'il avait prévu d'y aller avec elle. Il avait eu envie de lui montrer ce fameux site, et de voir ses yeux pétiller en le découvrant.

Il avait eu envie de tout partager avec elle.

Juste à l'instant où il s'assit, tremblant à l'idée qu'elle pourrait ne jamais revenir, il entendit une voiture descendre le long du chemin.

Il le savait ! Il bondit, galvanisé par un mélange de soulagement, de joie et de fureur, et franchit d'une seule enjambée la distance qui le séparait de la porte, avant de se raviser. Non, ce n'était pas la meilleure manière d'aborder la situation. Il sortirait d'un pas nonchalant. Et il la laisserait se confondre en excuses.

Content de lui, plein de mansuétude, il s'avança sur le porche. Avant de sombrer dans le plus profond désespoir quand il vit ses parents sortir de la voiture.

— Quelle bonne surprise, n'est-ce pas ?

Alice Caine courut vers le chalet, dans ses vieilles bottes inusables. Ses cheveux châtains striés de gris retombaient en une cascade de mèches indisciplinées, sous un chapeau de brousse qui avait largement fait son temps. Elle avait une silhouette de jeune fille, et des taches de rousseur sur un visage que la vie en plein air avait creusé de rides.

Elle se précipita vers son fils, déposa un baiser retentissant sur sa joue, puis se tourna aussitôt vers son mari.

— Niles, laisse le fiston porter nos bagages. Quel intérêt d'avoir un grand gaillard, si on ne peut pas l'utiliser comme un esclave ? Comment va ton épaule, Del ? Et le reste ?

— Bien... Bien. Je ne vous attendais pas.

— Dans ce cas, où aurait été la surprise ?

Elle abaissa ses lunettes de soleil cerclées de métal. Elle n'avait pas manqué de remarquer, avec son œil pénétrant, le désappointement de son fils quand il s'était avancé sur le porche délabré.

— Tu as du café à nous offrir ?

— Bien sûr.

Honteux de sa réaction, il se courba — sa mère était si menue ! —, et lui donna une rapide accolade.

— J'ai parcouru trois cent quinze kilomètres aujourd'hui. Vitesse honorable.

Marmottant avec son accent d'Oxford, Niles Caine acheva de noter le kilométrage de la journée dans son carnet en lambeaux.

Grand et massif, c'était un homme étonnamment beau pour ses soixante-sept ans. Sous des cheveux gris argentés, ses yeux verts, comme ceux de son fils, brillaient comme deux émeraudes dans son visage buriné. Il rangea son carnet dans la poche de sa chemise délavée, puis serra son fils contre lui dans une étreinte bourrue.

— Comment va ton épaule ?

— Bien. Beaucoup mieux. Et votre chantier, alors ?

— Oh, nous avions besoin d'un break ! Pour retrouver les idées claires, répondit Alice d'un ton dégagé en lançant un regard menaçant à son mari.

Elle entra dans la maison et se figea de stupeur.

— Del, il y a une femme.

— Quoi ?

— Regarde.

Elle sourcilla en désignant les fleurs sauvages disposées dans des bouteilles.

— Des pots-pourris, ajouta-t-elle en humant une soucoupe.

Elle passa un doigt sur la table.

— C'est propre... Pas de doute, il y a une femme dans les parages. Où est-elle ?

— Elle n'est pas là.

— Niles, mon héros, voudrais-tu aller en ville me chercher une glace ?

— En ville ?

Il la regarda fixement.

— Je viens juste d'arriver. Je n'ai pas encore eu le temps de m'asseoir.

— Tu peux t'asseoir dans la voiture et conduire en même temps.

— Ma chère épouse, si tu voulais une glace, pourquoi ne pas l'avoir dit quand nous étions encore sur la route ?

— Mais je n'en voulais pas, à ce moment-là. Prends-moi une glace avec du chocolat, et ce que tu voudras.

Elle se leva sur la pointe des pieds pour embrasser la bouche pincée de son mari.

— J'adore le chocolat.

— Ah, l'inconstance des femmes ! marmonna-t-il en repartant.

Alice se dirigea vers le canapé, s'assit et appuya ses bottes sur la table basse. Souriant, elle tapota le coussin à côté d'elle.

— Viens t'asseoir. Le café peut attendre. Parle-moi de cette femme.

— Il n'y a rien à dire. Elle était là, et c'était une source d'ennuis. Maintenant, elle est partie.

— Assieds-toi.

Sa voix était autoritaire — la voix d'une femme qui sait comment s'y prendre avec ses hommes.

— Pourquoi t'a-t-elle quitté ?

— Elle ne m'a pas quitté.

Blessé dans sa fierté, il s'effondra sur le canapé.

— Elle a travaillé pour moi pendant une période limitée. Très limitée, ajouta-t-il en marmonnant.

Et face au long silence de sa mère, il craqua.

— Je l'ai fichue à la porte ! Si elle s'obstine à me harceler… Je n'ai pas besoin d'elle, de toute manière.

— Raconte tout à ta maman, dit-elle en lui tapotant la tête. Dis-moi tout sur cette horrible fille.

— Oh, ça va !

Mais ses lèvres se tordirent.

— Elle était laide ?

— Non.

151

— Stupide ?

Il soupira.

— Non.

Elle lui donna une tape sur la cuisse.

— Une fille délurée, alors, qui a profité de mon petit garçon si doux et si naïf ! Attends un peu, je vais lui régler son compte. Comment s'appelle-t-elle ? Je vais renifler sa trace comme un chien et la retrouver.

— Pas difficile de la retrouver, murmura-t-il. Elle s'appelle Camilla. Son Altesse royale Camilla de Cordina. Je pourrais l'étrangler.

Alice enleva ses lunettes et son chapeau.

— Raconte-moi.

Cette fois, il s'exécuta.

Elle l'écouta tandis qu'il évoquait les moments passés avec elle, oscillant entre rage et désespoir. Bien souvent, il se levait et arpentait la pièce de long en large comme pour contenir le flot d'émotions qui le submergeait.

Le portrait de Camilla qui se dessinait au fil du récit de Del s'accordait avec la charmante lettre qu'Alice avait reçue, quelques jours plus tôt, de son Altesse Sérénissime Gabriella.

Une lettre aimable — et pleine de finesse —, songea Alice, dans laquelle elle exprimait sa reconnaissance à Delaney pour avoir offert l'hospitalité à sa fille.

Son contenu l'avait incitée à interrompre les fouilles de son mari en Arizona, et à rentrer à la maison pour voir par elle-même de quoi il retournait.

A présent, elle savait.

Et ce qu'elle voyait en grosses lettres clignotantes, avec son œil de mère, c'est que son fils était tombé amoureux.

Il était plus que temps !

— Et donc elle est partie, acheva Del. Ce qui est pour le mieux.

— Probablement, approuva Alice d'un ton tranquille. Ce n'était pas très malin de sa part de te cacher tout cela... D'autant qu'elle n'aurait pas dû se sentir mal à l'aise, dans la mesure où tu ne lui avais pas caché ton propre lignage.

— Hein ?

— Certes, un vicomte est d'un rang inférieur — bien inférieur — à celui d'une princesse, mais elle aurait dû avoir la courtoisie de te faire confiance, de la même manière que tu lui avais fait confiance.

Positivement enchantée par l'expression hébétée de son fils, Alice croisa les chevilles.

— Tu lui as dit, je suppose, que ton père était le comte de Brigston… et que tu étais le vicomte de Brigston ?

— L'occasion ne s'est pas présentée, répondit Delaney. Et pourquoi le lui aurais-je dit ? ajouta-t-il avec plus de chaleur, tandis que sa mère le dévisageait froidement. Qui s'en souvient, du reste ? Je n'utilise jamais mon titre.

« Surtout quand ça t'arrange », songea Alice. Mais il était inutile d'insister, maintenant qu'elle avait semé cette petite graine dans son esprit.

— Tiens, voilà ton père avec la glace. Allons la prendre avec notre café.

Elle décida de rester un jour de plus, parce qu'elle avait envie de profiter de son fils, mais aussi parce qu'elle savait qu'il ne pourrait pas s'empêcher de ruminer. Elle se demandait comment elle allait s'y prendre pour lui annoncer qu'elle avait été en contact avec la mère de Camilla.

— Il risque de se refaire mal au dos, dit-elle en jetant sa ligne dans l'étang. Ce serait tout lui.

Au grognement de son mari, elle se tourna vers l'endroit où il était assis, des notes éparpillées sur ses genoux et dans l'herbe.

— Tu m'écoutes, Niles ?

— Mmm... ? Quoi ? Bon sang, Alice, je travaille.

— Je parle de ton fils.

— Fiche-lui donc la paix. Un homme doit régler ses affaires lui-même, sans interférences extérieures.

— Ah... C'est exactement ce que tu m'as dit il y a trente-trois ans, un certain hiver. Et regarde où ça t'a mené.

Elle sourit. « Ses » hommes se ressemblaient comme deux gouttes d'eau, estima-t-elle. Aussi buté l'un que l'autre.

Avant qu'elle ait pu prendre une décision, le problème lui fut enlevé des mains. Del émergea des bois, faisant assez de raffut pour effrayer les poissons à cent mètres à la ronde, et aussitôt, il la souleva de terre.

— Nous avons trouvé des financements !

— Bonne nouvelle, parce que nous n'aurons pas un seul poisson pour le dîner.

Néanmoins elle le serra affectueusement dans ses bras.

— C'est merveilleux, Del. D'où viennent-ils ?

— Je ne connais pas tous les détails — je viens juste de recevoir un message de l'Université. Il faut que je retourne sur le site. Désolé de vous fausser compagnie.

— Je t'en prie, dit-elle en gardant sa langue dans la poche.

— Passe-nous un coup de fil dès que tu seras installé.

— Promis. Je file préparer mes bagages.

Le soir, tandis que son fils devait, selon toutes probabilités, fulminer à l'idée que ces fonds providentiels avaient été suscités par l'intervention d'une jeune princesse, Alice s'assit et rédigea un mot à l'adresse de son Altesse Sérénissime Gabriella de Cordina.

Le comte et la comtesse de Brigston, ainsi que leur fils, Lord Delaney, étaient heureux d'accepter son aimable invitation au bal d'automne à Cordina…

— C'est insultant ! s'écria Camilla en agitant le dernier rapport de Del. Brutal et insultant... C'est tout lui !

Gabriella s'assit calmement, accrochant de simples perles à ses oreilles. Leurs invités allaient arriver d'un moment à l'autre.

— C'est un courrier informatif, ma chérie ; cela me paraît parfaitement poli, au contraire.

— C'est parce que tu ne le connais pas ! s'exclama Camilla. C'est intolérable ! M'adresser un rapport financier comme si j'étais une vulgaire comptable ! Des dollars et des cents, c'est tout... Pas un mot sur leurs découvertes ! Or, il sait pertinemment que c'est la seule chose qui m'intéresse. Et regarde comment il signe ? « Professeur Delaney Caine ». Comme si nous étions des étrangers ! Il est littéralement odieux.

— Je suis sûre qu'il t'est reconnaissant, Camilla. Vous vous êtes quittés en si mauvais termes qu'il ne sait pas comment s'y prendre. Il est maladroit.

— C'est le moins qu'on puisse dire !

Elle tourbillonna dans la chambre de sa mère. Puis elle regarda par la fenêtre les magnifiques jardins, en dessous, et la mer d'un bleu azur qui s'étalait en contrebas.

— De toute manière, ce n'est pas pour lui que j'ai recueilli ces subventions, mais pour le projet. C'est une découverte importante, et elle mérite d'être menée à terme.

Gabriella songea que l'intérêt de sa fille pour le site n'avait pas décru depuis son retour. Au contraire, il s'était renforcé. Elle avait passé des heures le nez dans des livres, s'était rendue à l'université pour discuter avec de savants professeurs et dévaliser leurs bibliothèques.

Ce n'était pas pour autant qu'elle avait négligé ses obligations officielles. Il y avait des moments où Gabriella aurait presque aimé qu'elle s'implique moins dans sa tâche. Malgré tout le souci qu'elle s'était fait, elle avait été ravie à l'idée que Camilla s'offre quelques semaines de répit.

Son propre cœur avait saigné avec celui de sa fille quand cette dernière était rentrée à la maison, la mort dans l'âme. Elle était heureuse que leur relation permette à Camilla de se confier à elle.

155

C'était un soulagement pour une femme, Gabriella le savait, de pouvoir se confier à une autre.

A présent, même si sa fille souffrait, une part d'elle-même se réjouissait de voir que le cœur de Camilla était constant. Elle était toujours très amoureuse.

Gabriella se leva, rejoignit sa fille, et posant ses mains sur ses épaules, elle l'embrassa sur la nuque.

— L'amour n'est pas toujours poli.

— Il ne m'aime pas.

Camilla souffrait profondément.

— Maman, il me regardait avec un tel dégoût, et il m'a chassée avec moins de compassion qu'il n'en aurait eue pour un chien perdu.

— Tu n'as pas été honnête avec lui.

— J'ai essayé d'être honnête avec moi-même. Si j'ai fait une erreur, il y a toujours de la place pour... Mais peu importe.

Elle redressa les épaules.

— J'ai mes propres intérêts, et lui a les siens. Vivement que ce bal soit fini.

— Et tu pourras alors te rendre sur ton premier chantier de fouilles. Cela va être terriblement excitant.

— Je ne pense plus qu'à ça.

Elle replia sans ménagement le courrier de Del.

— Imagine-moi en train d'étudier des objets de l'époque paléolithique. Le professeur Lesueur a été si généreux, si accueillant. Je suis heureuse de travailler avec lui et son équipe. Mais pour l'heure, je suis en retard. Sarah Lattimer arrive dans quelques heures. Je t'ai parlé, il me semble, de Sarah, l'antiquaire qui a été si gentille avec moi dans le Vermont ?

— Oui, tu m'en as parlé. J'ai hâte de la connaître.

— Je tiens à ce qu'elle passe ici des moments inoubliables. Tante Eve va lui faire visiter la région, et demain elle devrait rencontrer oncle Alex, avant le thé pour les dames.

— Je te demanderai d'accueillir avec moi certains de mes invités, notamment le comte et la comtesse de Brigston, ainsi que leur fils. Ils devraient être là dans une demi-heure. J'ai prévu de les recevoir dans le parloir doré.

Camilla jeta un coup d'œil à sa montre.

— Je suppose qu'Adrienne ne peut pas me remplacer ?

— Ta sœur est dans la nursery avec le jeune Armand et le bébé. Je ne te retiendrai pas plus d'un quart d'heure, promit Gabriella.

— J'y serai. Je vais juste déplacer un rendez-vous.

Elle s'éloigna, puis revint pour ramasser la lettre de Del.

— Il faut que je range ça, murmura-t-elle.

Vingt-neuf minutes plus tard, Camilla dévalait l'escalier principal. Les préparatifs du bal d'automne étaient achevés. L'intendant du palais veillerait au moindre détail. Et si tel n'était pas le cas, sa tante, avec son œil de lynx, y suppléerait.

Son Altesse royale, la princesse Eve de Cordina, était la maîtresse du palais, et une femme qui se tenait aux côtés de son mari quand il dirigeait le pays. Mais elle avait souvent ses propres opinions sur les questions d'Etat, ainsi que sa propre activité professionnelle, en dehors de ses obligations royales. Sa compagnie de théâtre, la compagnie Hamilton, était renommée dans le monde entier, et elle-même était un auteur dramatique respecté.

Son exemple permettait à Camilla de se rappeler qu'avec de l'ambition, du travail et de l'intelligence, une femme pouvait tout faire... Même être à l'heure pour accueillir des invités alors qu'elle avait mille autres choses qui la réclamaient.

Elle était parvenue presque en bas des marches quand l'homme qui courait au-devant d'elle la saisit aux épaules. Il était beau comme un dieu et sentait l'odeur des chevaux.

— Quelle hâte !

— Oncle Bennett, je ne savais pas que tu étais arrivé...

Elle embrassa le plus jeune frère de sa mère.

— ... et que tu avais déjà fait un détour par les écuries.

— Bry et Thadd se trouvent encore là-bas, dit-il en évoquant ses deux fils. Hannah se trouve dans les parages, quelque part. Elle voulait parler à Eve et te voir.

Il ébouriffa les cheveux courts de la jeune femme.

— Très chic !

— Comment s'est passé ton voyage en Angleterre ?

— Très bien. J'ai trouvé la jument idéale pour mon étalon.

— Je suis très en retard, oncle Benett. Nous pourrons nous revoir plus tard.

— Oui, mais quelle est cette histoire sur cet Américain qui mérite qu'on lui botte les fesses ?

Elle leva les yeux.

— Tu as déjà vu papa ?

— Oui, en allant aux écuries. Je me suis porté volontaire pour lui tenir son manteau.

— Je ne pense pas que tu en auras l'occasion. Je ne compte pas revoir de si tôt le postérieur qu'il aimerait botter. A bientôt.

— Mais…

L'air ahuri, Bennett la regarda filer comme une flèche.

Camilla ralentit l'allure et adopta un pas digne, si ce n'est raide, en traversant le palais. Des fleurs raffinées et fraîchement coupées jaillissaient des vases et des urnes. Ses talons claquaient sur le marbre étincelant.

Les domestiques s'inclinaient sur son passage. Elle les saluait par leur prénom sans toutefois s'arrêter. Elle détestait être en retard.

Lorsqu'elle atteignit le parloir doré, elle avait six minutes de retard. Percevant un léger murmure de l'autre côté de la porte, elle défroissa sa robe, rajusta ses cheveux, reprit sa respiration, puis plaqua un sourire accueillant sur son visage.

Lorsqu'elle entra, elle vit que sa mère était déjà assise, tenant à la main une des théières chinoises de l'époque Ming. Elle s'apprêtait à servir le thé à un couple d'âge moyen.

La femme attira son attention en premier. Elle avait une allure singulière. Tout à fait charmante dans son genre, avec une élégance

158

décontractée. Ses vêtements amples en tweed n'étaient pas du dernier cri, mais lui seyaient à merveille.

L'homme se leva à son approche. Elle les pria de bien vouloir l'excuser de son retard, puis elle fut incapable de poursuivre. Stupéfiant, songea-t-elle : on aurait dit une version plus âgée et plus distinguée de Del !

Il fallait impérativement qu'elle trouve un moyen de le chasser de son esprit, si elle croyait le voir chaque fois qu'elle rencontrait un comte anglais…

— Camilla, je voudrais te présenter au comte et à la comtesse de Brigston, Lord et Lady Brigston. Voici ma fille, son Altesse royale, Camilla de Cordina.

— Je suis ravie de faire votre connaissance, Lord et Lady Brigston. Je vous en prie, asseyez-vous. J'espère que votre voyage a été agréable.

— Nous sommes enchantés d'être là, Votre Altesse.

Alice sourit en s'inclinant, puis échangea une poignée de main avec Camilla.

— Ainsi que notre fils. Puis-je vous présenter Lord Delaney, vicomte Brigston ?

Ses pensées tourbillonnèrent dans sa tête, tandis que Del, quittant la fenêtre où il se tenait alors, traversait la pièce dans sa direction. Son pouls s'accéléra, d'abord sous l'effet de la joie, puis de la confusion. Et de la colère ensuite.

« Vicomte Brigston ! », songea-t-elle. Comment le chercheur américain s'y était-il pris pour se transformer subitement en aristocrate anglais ? Quel culot !

Elle inclina la tête sur le côté, puis haussa le menton.

— Lord, dit-elle d'un ton glacial.

— Madame.

Avec une expression d'ennui infini, il accepta la main qu'elle lui tendait et la baisa.

Camilla ne flancha pas. Elle était trop fière, et trop bien élevée pour laisser transparaître ses émotions. Mais les trente minutes qui suivirent n'en furent pas moins un calvaire. Elle prenait part à la conversation. Ce qui n'était pas le cas de Del. Il grommelait à peine quelques monosyllabes, et seulement lorsqu'on s'adressait directement à lui.

Pourquoi fallait-il qu'il soit si beau et si viril ?

Le costume et la cravate auraient dû, d'une certaine manière, le rapetisser ou le rendre plus banal. Et pourtant, ce n'était pas le cas.

— Mon fils, assura Alice à un moment, vous remercie sincèrement de votre aide pour le projet Bardville. N'est-ce pas, Del ?

Il se tortilla sur sa chaise.

— J'ai déjà transmis mes remerciements à son Altesse, par courrier.

— En effet, j'ai reçu une de… vos lettres ce matin, justement.

Camilla sourit en lui jetant un regard glacial.

— Comme il est étonnant qu'elle ne mentionne pas votre voyage à Cordina !

Il ne serait pas venu s'il en avait eu le choix, songea-t-il. Sa mère l'avait littéralement traîné dans l'avion.

— Je n'étais pas certain que mon emploi du temps me le permette.

— Nous sommes si heureux que vous ayez pu vous libérer, intervint Gabriella en voyant une lueur belliqueuse briller dans les yeux de sa fille.

Lorsque Camilla était dans une colère froide, ses paroles pouvaient être acérées. Et même inconsidérées.

— Ainsi, nous pouvons vous rendre, dans une moindre mesure, l'hospitalité que vous avez offerte à Camilla, dans votre maison du Vermont. Un joli coin des Etats-Unis, m'a-t-on dit. Je regrette de ne jamais y être allée.

A l'évocation de leurs relations passées, Camilla et Delaney hoquetèrent de surprise. Alors qu'elle sirotait son thé, elle crut entendre la comtesse réprimer un fou rire.

160

A présent, elle voulait voir comment ils se débrouilleraient tous les deux pour continuer à se comporter comme de parfaits étrangers.

— Camilla s'est pris de passion pour votre domaine professionnel, Lord, reprit Gabriella. Il est toujours gratifiant pour une mère de voir son enfant si enthousiaste.

— Et gratifiant pour un enfant de faire plaisir à sa mère, lança Camilla avec un sourire charmant. Quelle intéressante... « surprise » que tu aies invité Lord Delaney et ses parents... sans m'en avoir avertie.

— J'espérais bien que c'en serait une, et que tu serais ravie de montrer à ton tour l'hospitalité cordinane.

C'était dit légèrement, mais avec une fermeté sous-jacente.

— Bien sûr. Rien ne me fait plus plaisir que de pouvoir rendre la pareille à Lord Delaney.

— Lord et Lady Brigston, je suis sûre que vous aimeriez vous reposer un peu après votre voyage, dit Gabriella en se levant. Camilla, peut-être pourrais-tu montrer les jardins à Lord Delaney.

— Je ne suis..., commença Del avant de ravaler sa langue sous le regard assassin de sa mère. Je ne voudrais pas vous déranger.

— Mais non, au contraire ! s'exclama Gabriella en posant une main sur l'épaule de sa fille et en passant devant elle.

Prise au piège, Camilla se leva et rassembla tout son courage, pendant que sa mère conduisait les parents de Del vers leurs appartements. Puis elle se tourna vers lui.

— Premièrement, qu'il soit clair entre nous que je ne savais pas que tu venais. Si je l'avais su, je me serais arrangée pour ne pas être là.

— C'est très clair. Si j'avais pu m'épargner ce voyage, crois-moi, je l'aurais fait.

— Deuxièmement, poursuivit-elle du même ton froidement poli, je n'ai pas plus envie de te montrer les jardins que toi de les voir. Toutefois, j'ai encore moins envie de chagriner ma mère ou tes parents. Dix minutes devraient être suffisantes pour en faire le tour. Je suis sûre que nous sommes capables de nous supporter pendant ce laps de temps, Lord, conclut-elle dans un sifflement.

— Ne commence pas à m'énerver.

Il se leva à son tour et se retrouva à parler dans le vide, tandis qu'elle avait déjà traversé la pièce pour gagner les portes de la terrasse. Il enfonça ses mains dans ses poches et la rejoignit dehors.

Ces quatre jours, songea-t-il, s'annonçaient comme les plus pénibles de sa vie.

10.

Au troisième étage, dans l'aile réservée aux invités, Alice marqua une pause devant la suite qui leur avait été attribuée.

Il était temps pour elle, estima-t-elle, de vérifier ses premières impressions sur Gabriella de Cordina.

— Je me demandais, madame, si vous accepteriez de m'accorder un entretien. En privé.

— Bien sûr.

Dès l'instant où elle avait posé les yeux sur elle, Gabriella avait réfléchi à la meilleure façon de s'y prendre avec son invitée. Selon elle, Alice Caine préférait les approches directes. En conséquence, lorsque l'occasion se présenta, elle décida de ne pas tergiverser.

— Nous irons dans mon salon. Ce sera plus confortable, et nous y serons tranquilles.

Tout en traversant le palais jusqu'à ses appartements, elle retraça l'histoire du bâtiment et des œuvres d'art qui l'agrémentaient. Elle conserva le ton badin du bavardage jusqu'au moment où les portes de son élégant salon rose et bleu se refermèrent sur elles.

— Puis-je vous offrir un rafraîchissement, Lady Brigston ?

— Non, je vous remercie, madame.

Alice prit un siège et croisa les mains.

— Nous sommes toutes les deux au courant, commença alors Alice, de ce qui s'est passé entre nos enfants, l'été dernier, et de la façon dont ils se sont quittés.

163

— Oui, votre fils a été très gentil avec ma fille en lui offrant l'hospitalité.

— Veuillez m'excusez, mais mon fils ne l'a pas fait par gentillesse. Du moins pas seulement. Il n'est pas méchant, mais c'est une vraie tête de mule.

Gabriella se carra dans son siège.

— Lady Brigston… ou plutôt « Alice », reprit-elle chaleureusement, ravie de constater qu'elle ne s'était pas trompée sur son interlocutrice. Je n'étais pas certaine d'avoir agi au mieux pour Camilla, en vous invitant ici sans lui en avoir parlé. En fait, c'était très intéressé de ma part. J'ai voulu lui donner le temps de sonder son propre cœur, et d'observer par moi-même sa réaction quand elle reverrait votre fils. Dès la première minute, j'ai su que j'avais agi au mieux.

— Leurs regards étaient éloquents, en effet.

— Ils s'aiment, mais leur orgueil les éloigne l'un de l'autre.

— Dans le cas de Del, ce n'est pas seulement de l'orgueil. Il ressemble tant à son père ! Donnez-lui de vieux ossements, et il vous livrera les caractéristiques exactes de la femme qui les a possédés trois mille ans plus tôt. Donnez-lui une femme en chair et en os, et il ne sait plus rien. Non pas qu'il soit stupide, madame…

— Gaby, corrigea Gabriella.

Alice s'installa plus confortablement.

— Gaby, il n'est pas stupide. Non, c'est simplement un Caine. De la tête aux pieds.

— Je n'aime pas interférer dans la vie de mes enfants, commença Gabriella.

— Moi non plus.

Elles ne dirent rien pendant un moment, puis se mirent à sourire toutes les deux.

— Pourquoi ne pas nous offrir un doigt de Brandy ? suggéra Gabriella.

— Oh, pourquoi pas, en effet ?

Ravie, Gabriella se leva pour prendre la carafe et remplir les verres.

— J'ai une idée, qui, sans interférer en quoi que ce soit, pourrait favoriser les choses.

— Je suis tout ouïe.

Dix minutes plus tard, Alice hochait la tête.

— J'aime votre approche de la vie. Ce qui est une bonne chose, dans la mesure où nous serons parents par alliance.

Elle jetait un regard vers la fenêtre quand elle entendit des voix s'élever des jardins.

— C'est Del... Il mugit comme un taureau quand il est furieux.

Elles se levèrent de concert pour se rendre sur le balcon. Se tenant par le bras, elles jetèrent un œil par-dessus la balustrade.

— Ils se disputent, dit Gabriella la voix lourde d'émotion.

— C'est formidable, n'est-ce pas ?

— Nous ne devrions pas les épier.

— Oh, nous prenons juste un peu l'air... Ce n'est pas de notre faute s'ils se chamaillent !

— Non, en effet.

Alors qu'elle se penchait un peu plus, Gabriella entendit derrière elle la porte de son salon s'ouvrir et se refermer.

— Reeve..., murmura-t-elle.

— Vous devez être le père de Camilla, s'exclama Alice, ravie.

Elle s'avança vers lui et lui serra la main.

— Je suis la mère du grand nigaud. Nous faisions semblant de ne pas les épier. Ils se disputent dans le jardin. Vous avez envie de vous joindre à nous ?

Il les fixait d'un air interloqué quand sa femme éclata de rire.

— Bien, bien ! se contenta-t-il de dire avant de repartir aussi soudainement qu'il était entré.

Elle n'avait pas l'intention de se disputer avec lui. Pour tout dire, Camilla s'était juré de ne pas mordre à l'hameçon dès qu'il chercherait à la titiller. Elle l'entraînait à sa suite dans une marche forcée, sans prendre le plaisir de savourer les fragrances, les couleurs en profusion et la quiétude des jardins, comme elle le faisait d'ordinaire.

— Nous sommes particulièrement fiers de notre jardin de roses. Il réunit plus de cinquante variétés de roses, dont les spécimens grimpants sur les tonnelles qui jalonnent ce que nous appelons « le chemin des roses ». Les parterres de fleurs dans les angles ajoutent une touche de charme à l'ensemble, avec leur style moins formel.

— Je me fiche des roses.

— Bien, nous irons jusqu'au jardin clos. C'est un endroit particulièrement ravissant où…

— Ça suffit comme ça.

Il l'attrapa par le bras et la fit pivoter vers lui.

— Je ne vous ai pas autorisé à me toucher, monsieur.

— Va dire ça à quelqu'un qui ne t'a pas vue toute nue !

Les joues de Camilla s'empourprèrent, mais sa voix demeura glaciale.

— Inutile de me rappeler mes erreurs de jugement.

— Ah, ça se résume donc à une erreur de jugement ?

— C'est toi qui as tout arrêté, je te rappelle.

— C'est toi qui es partie.

— Tu m'as demandé de partir !

— Comme si tu m'écoutais, d'habitude ! Si tu avais été honnête avec moi…

— Comment osez-vous, monsieur le vicomte ?

Furieuse, elle libéra son bras.

Il eut la grâce de rougir.

— Cela n'a rien à voir. Je ne t'ai pas dit non plus que j'avais eu la varicelle à dix ans…

— Tu veux dire que ton titre te donne des boutons ?

166

— Ce n'est qu'un titre, quelque chose dont j'ai hérité. Cela ne…

— Ah, je vois ! Le titre, le lignage, tout cela n'a aucune importance dès lors qu'il s'agit de toi, mais quand il s'agit de moi, c'est… Espèce d'idiot !

— Ecoute, ordonna-t-il. Ce n'est pas la même chose, et tu le sais très bien. Je ne vis pas comme un vicomte. Je n'utilise jamais ce fichu titre, et je n'y pense pas les trois quarts du temps. Je ne vis pas dans un palais…

— Moi non plus ! Je vis dans une ferme ! Le palais appartient à mon oncle. Tu dis ne pas penser à ton titre. Mais moi, je n'ai pas le choix. Je suis obligée d'y penser — tout le temps, même dans la sphère privée... Je voulais un peu de temps à moi pour vivre comme toi, pour avoir ce que tu considères comme allant de soi : la liberté. Que ce soit mal ou non, il le fallait, parce que j'avais peur de…

— Peur de quoi ?

— Ça n'a plus d'importance. Le sujet n'est plus d'actualité. Considérons simplement que nous n'aurions jamais dû nous rencontrer et que nous avons joué de malchance avec cet orage, quand je me suis retrouvée sur le bord de la route, cette nuit-là.

Elle recula d'un pas.

— Et pour l'heure, je ne voudrais pas embarrasser mon oncle en me disputant avec un de ses invités, quand bien même celui-ci serait insupportable. Tant que vous serez là, je suggère que nous nous évitions le plus possible.

Elle lui tourna le dos.

— Je n'ai rien d'autre à ajouter.

— Quelle sens de l'hospitalité, à Cordina !

Piquée au vif, elle pivota.

— Ma mère…, commença-t-elle avant de s'arrêter. Ma mère vous a invité à séjourner dans le palais de son frère. Vous recevrez — en public — toutes les marques de politesse dues à votre qualité d'invité, aussi bien de ma part que de celle de ma famille. En privé…

Ce qui siffla ensuite entre ses dents était une insulte, moins usuelle dans des jardins royaux que sur une place de marché. Del se contenta de hausser les sourcils.

— C'est du plus joli effet, dans votre bouche, Votre Altesse.

— Et maintenant, nous n'avons plus rien à nous dire, l'un et l'autre.

— Moi si, sœurette.

En entendant ce terme si familier dans sa bouche, elle sentit des larmes lui monter à la gorge. Se détournant, elle tenta de les ravaler.

— Monsieur, l'entretien est clos.

— Oh, arrête ton cirque !

Poussé à bout, il la saisit par l'épaule et l'obligea à se retourner. Puis il demeura pétrifié en voyant des larmes briller dans ses yeux.

— Arrête… Si tu crois que tu vas m'avoir en pleurant, tu te trompes.

Il recula délibérément, tout en fouillant dans sa poche.

— Bon sang, je n'ai pas de mouchoir… Alors je t'en prie, retiens-toi.

— Va-t'en. Rentre au palais ou aux Etats-Unis… Mais va-t'en !

— Camilla !

Décomposé, il se rapprocha d'elle.

— Votre Altesse…

Dévorée de curiosité, Marian s'avança vers eux.

— Veuillez m'excuser, Votre Altesse, mais Mlle Latimer est arrivée. Elle est dans ses appartements.

— Sarah ?

Surpris, Del scruta Camilla.

— Tu as invité Sarah au Palais ?

168

— Oui. Je rentre, Marian. Merci. Si vous voulez bien montrer à Lord Delaney ses appartements ou toute autre chose qui lui ferait plaisir... Excusez-moi, Lord.

— Lord ?

Marian étudia l'homme attentivement une fois que Camilla se fut éloignée. Elle était déchirée entre l'envie de l'aplatir comme une crêpe parce qu'il faisait souffrir son amie, et celle de pousser un soupir de commisération en voyant la détresse se peindre sur ses traits.

— Voulez-vous que je vous montre la suite des jardins ?

— Non, merci. A moins qu'il n'y ait un bassin ou une fontaine, à proximité, où je pourrais me rafraîchir les idées.

Marian se contenta de sourire.

— Je suis sûre que nous pouvons arranger ça.

Il se demanda si son départ anticipé serait une bénédiction pour tout le monde. Sa mère serait furieuse, son père un peu perplexe. La situation serait embarrassante pour tous les deux, mais Camilla en éprouverait sans doute un intense soulagement.

Il lui apparut néanmoins qu'il ne pouvait pas se faire chasser. Il resterait, ne serait-ce que pour lui montrer de quel bois il se chauffait...

Il n'était pas difficile de l'éviter. Le palais était mille fois plus grand que son chalet de quatre pièces, dans le Vermont.

Il ne pouvait pas non plus prétendre que son séjour à Cordina lui déplaisait. Il aimait bien les frères et les cousins de Camilla, même s'il ne savait pas toujours qui était qui. Du reste, certains d'entre eux lui proposèrent de les accompagner aux écuries — un véritable palais pour chevaux !

Dès l'instant où ils apprirent que l'équitation n'avait pas de secrets pour lui, il se retrouva en selle.

C'est ainsi qu'il fit la connaissance d'Alexander, le souverain de Cordina, et de son frère, le prince Bennett, tous deux oncles de Camilla... Et de son père, Reeve MacGee.

Un des jeunes hommes — il devait s'agir de Dorian — lui sourit et se chargea des présentations officielles.

Del se tortilla sur sa selle.

Les règles du protocole lui avaient été enseignées, mais cela faisait des années qu'il n'avait pas eu à les mettre en pratique. Devoir battre le rappel de ces règles ne l'enchantait guère, mais être jaugé par trois paires d'yeux braqués sur lui l'enchantait encore moins.

— Bienvenue à Cordina, Lord Brigston, dit Alexander d'une voix douce et légèrement distante.

— Merci, monsieur.

Del esquissa ce qui pouvait passer pour une révérence, si l'on tenait compte du fait qu'il montait un cheval particulièrement ombrageux.

— Nous sommes heureux de vous accueillir parmi nous et de pouvoir vous remercier de l'hospitalité offerte à ma nièce.

Derrière cette formulation courtoise, il y avait quelque chose de subtilement menaçant qu'Alexander avait pris soin de rendre perceptible.

— Ce cheval a besoin de galoper, intervint Bennett, dans un élan de compassion pour son cavalier. Et je pense que vous le maîtriserez parfaitement bien.

Del avait senti les paroles du prince le pénétrer comme la pointe effilée d'une épée. Aussi préféra-t-il tourner les yeux vers son frère, plus amical.

— Ce cheval est superbe.

— Nous allons vous laisser à votre promenade, dit Alex. J'aimerais ultérieurement m'entretenir avec vous de votre travail. Comme vous le savez, l'archéologie est devenue une passion pour la princesse Camilla.

— Je me tiens à votre disposition, monsieur.

Alex acquiesça, puis reprit son chemin en direction des écuries. Après un regard empreint de pitié pour son malheureux interlocuteur, Bennett lui emboîta le pas.

Reeve incita sa monture à se placer à côté de celle de Del.

— Vous décampez, ordonna-t-il à ses fils et à ses neveux, avant de se tourner vers Del.

— Il est temps que nous ayons une petite discussion, tous les deux. Je me demandais si vous auriez une seule bonne raison à m'opposer pour que je ne vous vous torde pas le cou !

Voilà au moins une entrée en matière ne nécessitant aucun protocole, songea Del. L'homme avait la carrure requise pour lui régler son compte. Il était vigoureux, avec des épaules larges, et ses mains rugueuses semblaient le démanger.

— J'en doute, répondit Del. Vous souhaitez opérer ici, ou dans un endroit plus isolé où il vous sera possible de dissimuler ma dépouille ?

Le sourire de Reeve était pâle.

— Allons-nous promener. C'est une habitude chez vous d'amener des jeunes femmes dans votre maison, Caine ?

— Non, c'était la première fois, et je peux vous l'assurer, la dernière.

L'homme avait des yeux semblables à des lasers. Et en dépit de la brise, Del sentait qu'il transpirait.

— Vous voulez me faire croire que vous l'avez sauvée par pure bonté d'âme et que vous ignoriez qui elle était ? Alors qu'on ne parle que d'elle dans les journaux, à la télévision, partout ? Et que vous n'aviez aucune intention d'abuser d'elle ou de vous servir d'elle comme d'un tremplin ? Voire de négocier des interviews exclusives expliquant comment vous l'aviez attirée dans votre lit ?

— Accordez-moi une minute, bon sang !

Del ordonna à sa monture de s'arrêter. C'était à son tour, à présent, de braquer sur son interlocuteur ses yeux d'émeraudes.

— Je n'abuse pas des femmes, et vous pouvez être sûr que si j'avais tenté quoi que ce soit de ce genre, elle m'aurait envoyé son poing dans la figure. Je n'ai pas le temps de lire la presse à scandales ni de regarder la télévision, et je ne m'attendais pas non plus à tomber sur une princesse échouée sur le bord d'une route, en plein orage. Elle voulait me dédommager pour le gîte et le couvert, et je lui ai proposé de travailler pour moi. Je ne lui ai pas posé de questions, ni accordé beaucoup d'attention.

— Suffisamment en tout cas pour la mettre dans votre lit.

— C'est vrai. Mais cela, ce n'est pas votre affaire. Si vous voulez me botter le train pour ce motif, allez-y. Mais si vous m'accusez de vouloir utiliser ce qui s'est passé entre nous pour alimenter les journaux, c'est moi qui vais vous botter le train.

Reeve se tortilla sur sa selle. Le garçon avait du cran, songea-t-il avec satisfaction. Mais c'était une raison supplémentaire pour le faire parler encore un peu.

— Quelles sont vos intentions à l'égard de ma fille ?

Après s'être embrasé de colère, Del pâlit subitement.

— Mes... mes... quoi ?

— Vous avez très bien entendu. Tournez votre langue sept fois dans la bouche, et répondez.

— Je n'en ai pas. Elle refuse de me parler. Je dois même faire en sorte de l'éviter.

— Dommage ! Je commençais à me dire que vous n'étiez pas un crétin.

Reeve fit faire une volte-face à son cheval.

— Offrez-lui un bon galop, recommanda-t-il. Et faites en sorte de ne pas vous rompre le cou.

Alors qu'il regagnait les écuries, Reeve songea que leur entretien n'avait peut-être pas été précisément ce que sa femme avait espéré quand elle lui avait demandé d'avoir avec Del un « entretien d'homme à homme ». L'échange n'en avait pas moins été satisfaisant.

Camilla aurait apprécié un bon galop, elle aussi. Mais sa présence était exigée pour le thé réservé aux dames. Le temps y étant favorable, l'événement se déroulait sur la terrasse sud et dans le jardin des roses. Aussi les invitées pouvaient-elles jouir de la

172

vue sur la Méditerranée, tout en respirant les subtiles fragrances végétales.

Sa tante avait opté pour un service à la fois raffiné et décontracté : du linge de table couleur pêche, avec de la vaisselle bleu cobalt. Des fleurs tropicales débordaient gaiement des coupes, tandis que le personnel vêtu de blanc remplissait les flûtes de champagne ou servait le thé. Une harpiste jouait délicatement à l'ombre d'une tonnelle recouverte de roses blanches.

Sa tante Eve, songea Camilla, avait l'art de composer un décor.

Des femmes vêtues de robes amples déambulaient dans le jardin, seules ou à plusieurs. Remplissant son rôle, Camilla se déplaçait d'un groupe à l'autre, tout en savourant une coupe de champagne. Elle souriait, échangeait une plaisanterie, discutait de tout et de rien, reléguant Del dans un recoin de son esprit.

— J'ai à peine eu l'occasion de passer un moment avec toi.

Eve glissa son bras sous celui de sa nièce et l'attira un peu à l'écart.

C'était une femme de petite taille, avec une magnifique cascade de cheveux d'un noir de jais enchâssant un visage qui avait l'éclat du diamant. Ses yeux d'un bleu vif et profond brillaient tandis qu'elle poussait Camilla en direction du muret longeant la terrasse.

— Je n'ai pas le temps maintenant, dit-elle avec une pointe d'accent texan dans la voix, mais j'aimerais, plus tard, que tu me racontes par le détail ton escapade.

— Maman t'a déjà tout raconté.

— C'est vrai.

Avec un rire, Eve embrassa Camilla sur la joue.

— Mais ce ne sont que des informations de seconde main. J'aime bien remonter à la source.

— Je m'attendais à des remontrances de la part d'oncle Alex.

Eve haussa un sourcil.

— Cela te tracasse ?

— Je n'aime pas le contrarier.

— Si je devais me soucier de ça, je passerais ma vie à me ronger les ongles.

Les lèvres pincées, Eve jeta un coup d'œil à ses doigts parfaitement manucurés.

— Non, ajouta-t-elle en contemplant la mer, cette vaste étendue bleue qui léchait les rives de son pays d'adoption. Il te fait entièrement confiance. Et il est très intéressé par ton petit ami.

— Ce n'est pas mon « petit ami ».

— Ah, bien...

Elle se souvint de l'époque où elle-même cherchait à se persuader qu'Alex, héritier de Cordina, n'était pas non plus « son petit ami ».

— Disons qu'il s'intéresse au travail de lord Delaney — et à l'intérêt que tu lui portes.

— Tante Chris m'a beaucoup aidée, reprit Camilla, en jetant un regard vers la sœur aînée d'Eve.

— Elle n'aime rien tant qu'une bonne campagne de financement depuis son mariage avec ce gentleman texan. Le sénateur a été ravi de discuter du projet Bardville avec ses associés en Floride.

— Mais il a fallu que tante Chris lui en vante les mérites auparavant. Je ne sais comment la remercier. Elle a l'air dans une forme éblouissante.

— Comme une jeune mariée, approuva Eve. Après cinq années de mariage. Je suis heureuse qu'elle ait enfin trouvé l'homme de sa vie. Que cela prenne cinquante ans ou cinq minutes, dit-elle en exerçant une légère pression sur la main de Camilla, quand c'est le bon, on le sait ! Et quand on le sait et qu'on est intelligente, on ne prend pas un « non » pour un « non ». On se bat, car cela en vaut la peine... Bien, au travail maintenant !

Après avoir discuté une minute avec sa jeune cousine Melissa, et entretenu une conversation avec une vieille comtesse sourde comme un pot, Camilla vit Hannah, la femme de son oncle Bennett, gesticuler dans sa direction pour l'inviter à se joindre à sa table. Elle dégustait du thé et des scones en compagnie de la mère de Del.

— Nous avons un certain nombre de connaissances en commun, Lady Brigston et moi-même, expliqua Hannah. Je l'ai harcelée de questions sur son travail, et maintenant, je ne rêve plus que de partir déterrer des ossements de dinosaures.

Il y avait eu un temps où Hannah avait connu une vie aventureuse en tant qu'agent secret de la Couronne britannique. Mais en tant que princesse et mère de deux fils débordants d'énergie, elle était passée à un autre genre d'existence mouvementée.

Lorsqu'elle était agent secret, elle devait dissimuler son physique avantageux et tirer une croix sur sa passion de la mode, mais désormais, elle pouvait s'habiller comme bon lui semblait. Ses cheveux bonds cendrés étaient réunis en queue-de-cheval. Sa robe sans manches, qui révélait une carrure athlétique, était du même vert que ses yeux.

— Moi aussi j'aimerais bien.

Souriant, Camilla obtempéra au signe de sa tante et s'assit.

— Mais j'imagine que c'est un travail exigeant et difficile, dit-elle à Alice. Il faut que ce soit une passion.

— J'ai toujours voulu faire ça — depuis ma plus tendre enfance. Les autres fillettes collectionnaient des poupées. Moi, je collectionnais des fossiles.

— C'est formidable de savoir depuis toujours ce qu'on veut faire, commenta Camilla.

— En effet, approuva Alice, inclinant la tête. Et terriblement excitant de réaliser sa vocation.

— Oh... Voulez-vous m'excuser un moment ? dit Hannah en se levant. Il faut que je parle à Mlle Cartwright.

Elle échangea un bref regard complice avec Alice avant de s'éclipser.

— Vous avez une famille merveilleuse, si je peux me permettre, Votre Altesse.

— Merci. Je suis absolument de votre avis.

— Je suis plus à l'aise, en général, avec les hommes. Simplement parce que je n'ai rien en commun avec les femmes. Trop accaparées par des choses qui me paraissent futiles !

La main qu'elle agita révélait des ongles courts, sans vernis. Elle portait un simple anneau en or à son auriculaire.

— Mais je me sens très à l'aise avec votre mère et vos tantes, poursuivit-elle. Ce n'est pas étonnant que vous m'ayez déjà conquise.

— Merci, dit Camilla légèrement décontenancée. C'est très aimable à vous.

— Etes-vous très en colère contre mon fils ?

— Je…

— Non que je vous en blâme, reprit Alice avant que Camilla ait pu formuler une réponse diplomatique. Il peut être si… quel est le terme adéquat ? Ah oui, *entêté*. C'est une vraie tête de mule. Il tient ça de son père, et c'est plus fort que lui. Il a dû vous en faire voir de toutes les couleurs.

— Non, pas du tout…

— Inutile de prendre des gants avec moi.

Elle tapota la main de Camilla.

— Nous sommes entre nous, et je connais mon fils. Il a des manières affreuses… et cela, j'en suis en partie responsable, je ne peux pas le nier. Je n'ai jamais beaucoup aimé les chichis. Son mauvais caractère lui vient de son père. Il est toujours en train de rouspéter, et la plupart du temps, il oublie pourquoi. Ce qui est extrêmement pénible pour la partie adverse. Vous ne croyez pas ?

— Oui…

Dans demi-sourire, Camilla secoua la tête.

— Lady Brigston, vous me mettez dans une position inconfortable. Pour tout vous dire, j'admire le travail de votre fils, son approche des choses et sa passion. Sur un plan personnel, nous avons ce que nous pourrions appeler... un « conflit de classes ».

176

— Vous avez reçu une bonne éducation, n'est-ce pas ? Voulez-vous que je vous raconte une petite histoire ? Autrefois, il y avait une jeune fille américaine, âgée de vingt et un ans, avec son diplôme tout frais en poche. Elle nourrissait une passion. La paléontologie. La plupart des gens pensaient qu'elle était folle, ajouta-t-elle avec un éclair dans les yeux. Que pouvait faire une jeune femme avec des os de dinosaures ? Néanmoins, elle se rendit sur un chantier de fouilles... Pas n'importe lequel, mais celui d'un homme dont elle admirait le travail et la passion.

Elle marqua une pause et sirota son thé.

— Elle lisait ses livres, lisait des articles de sa main ou sur lui. Pour elle, il était un héros. Imaginez sa réaction quand il se révéla être cet homme irritable, impatient, qui daignait à peine s'apercevoir de son existence — sinon pour s'en plaindre.

— Il est comme son père, murmura Camilla.

— Oh, c'en est tout le portrait ! reconnut Alice avec une certaine fierté. Donc, cet homme rude et cette jeune femme présomptueuse ne cessaient de croiser le fer. Les critiques venaient d'elle, le plus souvent, et tout semblait glisser sur lui. C'était exaspérant au possible.

— Oui, dit Camilla presque pour elle-même. C'est exaspérant.

— Il était fascinant. Si brillant, si beau et apparemment si peu intéressé par elle ! Même s'il commençait à s'adoucir un peu... Car elle était douée dans son travail et montrait un esprit aiguisé et curieux. Les mâles du clan Caine admirent les esprits aiguisés et curieux.

— Apparemment.

— Elle tomba folle amoureuse de lui, et après s'être torturée l'esprit un long moment, elle a mis à profit cet esprit si aiguisé qui était le sien. Elle l'a poursuivi de ses assiduités. Pris de panique, il a avancé toutes sortes de raisons pour se défiler : il avait quinze ans de plus qu'elle, pas de temps à consacrer aux femmes, etc. Elle aussi avait quelques réticences. Cette histoire de comte de Brigston, justement, ne cadrait pas vraiment avec son propre système de valeurs. Tout cela aurait pu la décourager, mais elle était tenace, et au fond d'elle même, elle savait qu'il éprouvait des sentiments pour elle. Et puisque le titre venait avec l'homme et qu'elle voulait l'homme, elle décida de s'en accommoder. Que pouvait-elle faire d'autre que de prendre le taureau par les cornes ?

Comme Alice cherchait du regard son approbation, Camilla acquiesça de bonne grâce.

— Il bégaya et ressembla, l'espace d'un instant, à un cheval pris de panique dans une écurie en flammes. Mais elle savait s'y prendre avec lui. Et trois semaines plus tard, ils étaient mariés. Et il semble que ça marche plutôt bien, conclut-elle avec un petit sourire.

— C'était une jeune femme admirable.

— Oui, et elle a donné naissance à un fils admirable, quand il ne fait pas le nigaud. Vous l'aimez ?

— Lady Brigston…

— Oh, s'il vous plaît, appelez-moi Alice. Je vous regarde, et je vois une jeune femme intelligente, fraîche et malheureuse. Je sais rester à ma place quand il le faut, mais là je vois Camilla, et non son Altesse royale.

— Il voit uniquement le titre et oublie la femme qui le porte.

— Si vous voulez cet homme, ne le laissez pas faire. Vous avez mis des fleurs dans sa maison, ajouta-t-elle calmement. Vous savez, il les a conservées après votre départ.

Ses yeux s'emplirent de larmes.

— Il ne les a même pas remarquées, objecta Camilla.

— Mais si ! Une part de lui n'aspire qu'à vous fuir et à se réfugier dans le travail. Je pense que vous pourriez très bien vous entendre — dans la mesure où vous êtes tous deux des jeunes gens doués et volontaires — à condition de suivre chacun votre voie. Mais je m'interroge sur votre capacité à surmonter vos blessures d'amour-propre.

— Je lui ai dit que je l'aimais, murmura Camilla, et il m'a jetée à la porte.

Alice se renfonça dans son siège.

— Ah le nigaud ! Bon, alors je vais vous donner un conseil, Camilla. Laissez-le mariner un peu — cela lui fera du bien — et laissez-le venir à vous.

11.

Elle avait beau être une princesse, elle travaillait comme un forçat.

Impossible de lui arracher cinq minutes pour lui présenter des excuses.

Del ne savait pas exactement de quoi il devait s'excuser, mais il commençait à penser qu'elle le méritait.

La culpabilité — sentiment qui lui était étranger d'ordinaire — lui serrait la gorge depuis qu'il s'était entretenu avec elle dans le jardin. A cela s'ajoutait le fait que les divers membres de sa famille se montraient gentils avec lui, si bien qu'il commençait à avoir l'impression de se conduire comme un parfait idiot.

Même la mère de Camilla s'était arrangée pour le coincer, ou plus exactement, pour le conduire gentiment à l'écart, et l'avait de nouveau remercié d'avoir ouvert sa porte à sa fille.

— Je sais que c'est une grande fille, avait dit Gabriella tandis que s'étalaient devant eux les eaux bleues de la Méditerranée. Et qu'elle sait se débrouiller toute seule. Mais je suis sa mère, et comme toutes les mères, j'ai tendance à m'inquiéter.

— Oui, madame.

Il acquiesça, même s'il n'avait jamais considéré la sienne comme une mère inquiète.

— Je me suis moins fait de souci quand j'ai su qu'elle était avec quelqu'un de digne de confiance, qu'elle respectait manifestement.

Gabriella continua de sourire.

— Je me suis fait beaucoup de souci pour elle, à un moment donné.

— Ah ?

— Elle a travaillé dur trop longtemps. Depuis la mort de mon père, ses fonctions ont trop empiété sur son temps.

— Votre fille est bourrée d'énergie.

— Oui, en règle générale. Je pense néanmoins que, depuis un an ou deux, elle a été livrée aux médias beaucoup plus qu'il n'est supportable.

Pouvait-il comprendre ? se demanda Gabriella. Etait-il possible de comprendre cette situation, quand on ne l'avait pas vécue soi-même ? Elle l'espérait, en tout cas.

— Elle est charmante, comme vous le savez, et pleine de vie. Les médias n'ont cessé de la harceler, et je crains qu'elle n'en ait payé le prix émotionnellement. Et même physiquement. Je parle en connaissance de cause. Il m'est arrivé, à moi aussi, de m'enfuir. Il y a des moments où le besoin d'être loin, même de ce qui vous tient le plus à cœur, devient irrépressible. Vous ne pensez pas ?

— Oui... Moi, j'ai le Vermont pour ça.

— Et moi, j'avais ma petite ferme. Jusqu'à ce que je comprenne, récemment, que Camilla n'avait pas d'équivalent. Un lieu où elle pouvait retrouver sa paix intérieure.

Elle se leva et déposa un baiser sur la joue de Del.

— Merci de l'avoir aidée à trouver ce lieu.

Lorsqu'ils se séparèrent, Del songea qu'il aurait pu se sentir humilié, s'il n'avait déjà envisagé de ramper devant Camilla comme un affreux ver de terre.

Il fallait qu'il lui parle. Le plus rationnellement possible. Il y avait des questions qui étaient restées en suspens et qui exigeaient à présent des réponses. N'était-il pas légitime qu'un homme veuille des réponses, avant de s'excuser ?

Mais chaque fois qu'il tentait de subtiles manœuvres pour l'approcher, il s'entendait dire qu'elle était en réunion, en rendez-vous à l'extérieur, ou encore occupée avec son secrétaire particulier.

Il se rassura en imaginant que cette activité débordante ne cachait rien d'autre que des séances de manucure ou de shopping, mais Adrienne, la sœur de Camilla, le détrompa.

— Excusez-moi, vous cherchez Camilla ?

— Non.

C'était embarrassant de mentir devant ce beau sourire empreint de sollicitude.

— Non, pas exactement..., reprit-il. Je ne l'ai pas vue depuis ce matin.

Adrienne câlina le bébé qu'elle portait dans ses bras.

— Elle assume une double tâche, je le crains. Mon aîné ne se sent pas bien, et je n'aime pas le laisser seul. Elle est partie me remplacer à l'hôpital. Je devais visiter le département de pédiatrie, mais avec le petit Armand mal en point, j'ai préféré rester.

— Ah… J'espère qu'il va se rétablir rapidement.

— Il dort, pour le moment, et semble aller mieux. J'ai voulu sortir le bébé pour qu'il profite un peu du soleil, avant de retourner à son chevet. Camilla devrait être de retour d'ici une heure. Non, corrigea-t-elle, elle a rendez-vous ensuite avec maman au sujet du Centre d'art contemporain. Je sais qu'elle s'occupe du courrier en milieu d'après-midi, bien que je vois mal comment elle pourra trouver le moment de le faire aujourd'hui.

Elle conserva son sourire empreint de sollicitude, tout en le dévisageant avec une attention un peu espiègle.

— Y a-t-il quelque chose que je puisse faire pour vous ?

— Non, non... Je vous remercie.

— Je crois que Dorian est parti pour les écuries, reprit-elle. Plusieurs de nos invités ont prévu de monter à cheval. Si vous voulez vous joindre à eux...

182

Il déclina sa proposition, mais le regretta amèrement lorsqu'il fut convoqué par le prince Alexander.

— Lord Brigston, j'espère qu'on ne vous néglige pas, depuis votre arrivée.

— Non, non. Absolument pas, Votre Altesse.

Le bureau était à l'image de l'homme, estima Del. Elégant, masculin et patiné par les traditions. Tout, chez le prince, respirait le pouvoir allié à la dignité. Ses cheveux étaient noirs comme la nuit, avec quelques mèches argentées ici et là. Son visage aristocratique était taillé à coups de serpe. Ses yeux sombres étaient pénétrants, et son regard franc et direct.

— La princesse Camilla ayant témoigné un vif intérêt à l'égard de votre travail, j'ai jugé bon de m'y intéresser à mon tour. Tout ce qui concerne ma famille, ajouta-t-il d'un ton aiguisé comme la lame d'une dague, me concerne également. Parlez-moi donc de votre projet.

Avec le sentiment d'être dans la position d'un étudiant auditionnant devant un jury, Del s'exécuta obligeamment. Il comprit sur-le-champ que cet entretien servirait à le juger, et qu'il était tenu de s'y soumettre.

Quand, au bout de vingt minutes, il fut congédié avec les formes, Del n'aurait su dire s'il avait réussi l'épreuve ou s'il devait garder un œil prudent sur son bourreau.

Pour se détendre, il décida de s'offrir une petite escapade pendant une heure ou deux. Mais cela se révéla plus compliqué qu'il ne l'aurait pensé. Un invité ne pouvait pas prendre un taxi sans respecter au préalable un ensemble de procédures très strictes. Finalement, le frère aîné de Camilla lui proposa de mettre une voiture à sa disposition, avec un chauffeur s'il le souhaitait.

Del prit la voiture sans le chauffeur.

Et aussitôt, il tomba presque amoureux de Cordina.

Ce petit pays débouchant sur la mer était stupéfiant. On aurait dit un diamant — un diamant qui se serait transmis de génération en génération.

Le pays jaillissait de la mer par paliers successifs. Des maisons, roses et blanches, se tenaient juchées sur un promontoire, comme si elles avaient été sculptées dans la pierre. Des fleurs — il leur prêtait attention, désormais —poussaient à foison, et avec une telle liberté qu'elles donnaient un charme inouï à cet ensemble fait de falaises et de roches.

Les feuilles des palmiers royaux s'agitaient dans la brise légère.

De génération en génération, de siècle en siècle, ce petit diamant avait survécu et brillait toujours sans céder à la frénésie urbaniste, sans livrer aux gratte-ciel ses vastes panoramas à couper le souffle.

Del s'arrêta au retour, sur le bas-côté de la route en lacets, pour contempler le site. Il était normal que le palais culmine sur les hauteurs. Situé face à la mer, ses pierres blanches jaillissant des falaises, il s'étalait, serpentait même, avec ses remparts, ses parapets et ses tours rappelant fièrement les époques antérieures.

Guerres et royauté, songea-t-il. Une association qui appartenait au passé…

Pourtant, encore récemment, ce petit pays avait été le théâtre d'un drame terrifiant. Un terroriste avait tenté d'assassiner des membres de la famille royale. La mère de Camilla avait été kidnappée. Sa tante, alors simplement Eve Hamilton, avait été blessée d'un coup de feu.

Del comprenait à présent comment un tel drame avait pu affecter Camilla.

Et pourtant, cela ne l'avait pas empêchée de vouloir voler de ses propres ailes, songea-t-il. Ni de revenir ici, dans ce château perché sur un rocher, pour reprendre ses obligations familiales.

Son pays était en paix, à présent. Mais la paix était quelque chose de fragile.

Il supposa que ceux qui vivaient là savaient que le palais avait été érigé pour leur défense. Et avec son œil d'archéologue, il pouvait voir combien l'emplacement était judicieux. Aucune attaque n'était possible de la mer, aucun groupe armé ne pouvait prendre d'assaut les falaises. Il était inaccessible.

De l'extérieur, il était difficile d'envisager cette forteresse comme un foyer. Mais il avait séjourné derrière ses grilles en fer. Qu'il symbolise la puissance ou la beauté, ce n'en était pas moins un foyer.

Camilla passait peut-être une partie de l'année dans sa ferme en Virginie, mais ce palais et ce pays étaient son véritable foyer.

Or il fallait qu'il soit clair pour tous deux que ce ne pouvait pas être son foyer à lui.

Lorsqu'il franchit les grilles en passant devant les gardes dans leurs uniformes d'un rouge éclatant, un nuage de dépression pénétra avec lui.

— Il est d'une humeur de chien, confia Alice à Gabriella dans le salon de musique, quand elles trouvèrent enfin cinq minutes pour se parler.

Les deux femmes se tenaient l'une près de l'autre comme deux conspiratrices.

— Apparemment, il est parti se promener en voiture et il est rentré en ronchonnant. C'est bon signe.

— Camilla a été retenue tout l'après-midi. Ça marche à la perfection. Et mes espions m'ont signalé que Delaney a cherché à la voir plusieurs fois, ce matin.

— C'est très bien qu'elle soit autant occupée. Il faut que ce garçon réfléchisse un peu.

— Comment voulez-vous qu'il réfléchisse quand il la verra ce soir ? Oh, Alice, elle est si belle dans sa robe de bal... J'ai assisté au dernier essayage, et elle est, en un mot, éblouissante !

— Ils vont nous faire de beaux petits-enfants, dit Alice en poussant un soupir.

Il détestait porter le smoking. Pourquoi un homme devait-il être harnaché avec un vêtement pareil, alors qu'une chemise et un pantalon faisaient amplement l'affaire ? Cela dépassait son entendement.

Mais il avait pris la décision de partir le lendemain matin, ce qui était un premier pas. Il avait déjà trouvé un prétexte pour son départ anticipé : un e-mail urgent en provenance du site.

Tout le monde n'y verrait que du feu.

Il remplirait ses obligations ce soir — pour ses parents — et retournerait à la vie réelle le plus vite possible. Il n'était pas fait pour vivre dans un palais...

Tout ce qui lui restait à faire, c'était de sortir indemne de cette dernière soirée horriblement guindée. Il était certain, en outre, de pouvoir s'esquiver avant la fin. Le lendemain matin, il irait présenter ses hommages à ses hôtes... et s'enfuirait sans demander son reste.

Mais au préalable, il avait encore une petite corvée à effectuer. Il devait, s'il voulait partir la conscience tranquille, remercier Camilla pour l'avoir aidé à trouver des financements. En privé, et sans la raideur ridicule qui avait caractérisé ses courriers récents.

Habillé de pied en cap, et désireux d'en finir au plus vite, il rejoignit ses parents dans leur salon.

— Hé, quelle allure !

Voir sa mère élégamment vêtue était un événement en soi. Il sourit, puis la saisit par le bras pour qu'elle se tourne. Une robe du soir noire, toute simple, mettait en valeur sa silhouette svelte et sportive, et les perles de Brigston ajoutaient à l'ensemble une touche de panache.

— Une vraie jeune fille ! estima-t-il en la faisant rire.

— Je pense supporter ces chaussures une heure et demie, mais ensuite, je ne réponds plus de moi.

Elle s'éloigna pour rajuster la cravate de son mari.

— Ne te tracasse pas pour ça, Alice, lui dit ce dernier. A la première occasion, je m'en débarrasse.

Néanmoins, Niles sourit et se pencha pour l'embrasser sur la joue.

186

— Mais le fiston n'a pas tort. Tu es une vraie jeune fille.

— Au fait, as-tu vu Camilla, aujourd'hui ? demanda Alice d'un ton désinvolte, en se tournant vers son fils.

— Non.

— Ah, bien... Tu la verras ce soir.

— Je sais.

Avec des centaines de gens autour d'elle, songea-t-il. Comment diable allait-il s'y prendre pour lui parler, au milieu de cette foule ?

— Allez, finissons-en avec cette corvée, ajouta-t-il.

— Mon Dieu, tout le portrait de son père !

Résignée, Alice prit ses deux hommes par le bras.

Les invités étaient annoncés officiellement avant d'être escortés jusqu'à la ligne de réception. Les révérences et les salutations se succédèrent interminablement. Enfin, Del put poser les yeux sur Camilla, et aussitôt il oublia tout le reste.

Elle portait une robe du même or que ses yeux. Elle était éblouissante. Lumineuse. Révélant ses épaules, cintrée à la taille, sa robe s'écoulait ensuite dans une cascade de volutes, qui chatoyaient comme l'eau au soleil dans la lumière subtile des innombrables chandeliers.

Des diamants blancs et jaunes brillaient à ses oreilles, étincelaient sur sa gorge en un entrelacement sophistiqué, et s'embrasaient sur le diadème posé sur le casque d'or de sa chevelure.

En cet instant, elle était l'incarnation même d'une princesse de contes de fées. Beauté, grâce et élégance sous une apparence humaine...

Jamais il n'avait eu à ce point l'impression que ses yeux sortaient de leurs orbites.

Mais il espérait ne plus avoir ce regard halluciné lorsqu'il parviendrait à sa hauteur.

— Lord...

— Madame...

Il prit la main qu'elle lui tendait, effleurant de son pouce les jointures de ses doigts. Cette femme qui lui faisait face lui avait-elle réellement préparé des omelettes ? Si ce qu'il voyait là appartenait au monde réel, alors tout le reste n'avait été qu'une hallucination...

— J'espère que vous passerez une bonne soirée.

— Je n'y comptais pas.

Le sourire poli qu'elle arborait ne vacilla pas.

— Alors, j'espère au moins que vous ne la trouverez pas mortellement ennuyeuse.

— Il faut que tu m'accordes cinq minutes, chuchota-t-il.

— Je crains que ce ne soit pas le moment. Enlève ta main, dit-elle en baissant la voix d'un ton tandis qu'il resserrait son étreinte. On nous regarde.

— Cinq minutes, répéta-t-il.

Leurs yeux s'enchaînèrent, puis il se retira.

Le cœur de Camilla pouvait battre la chamade, elle n'en continuait pas moins à sourire et à saluer ses invités. Sa volonté, combinée à l'éducation qu'elle avait reçue, l'empêcha de céder à l'irrésistible envie de tendre le cou pour repérer Del parmi la foule. Lorsque le bal d'automne fut ouvert par sa tante et son oncle, la curiosité la tenaillait, et l'espoir avait repris possession d'elle.

Il l'avait regardée comme dans le chalet, aux moments les plus intenses. Comme si elle se trouvait au cœur de ses pensées.

Mais lorsqu'elle se rendit sur la piste de danse au bras de son cousin Luc, il n'était plus temps de se livrer à des réflexions personnelles.

Quand le palais ouvrait ses portes pour le bal, il les ouvrait en grande pompe. Le faste y était autorisé sans la moindre restriction. Des lustres comme des gerbes de gouttes d'eau projetaient leur lumière sur des robes de bal éblouissantes, des bijoux étincelants, des rangées de fleurs somptueuses. Le champagne pétillait dans le cristal.

Sur la terrasse, il y avait la lueur attirante des bougies et des torches. Des centaines de miroirs anciens ornaient les murs et renvoyaient le reflet infini et multiple de femmes magnifiquement parées et d'hommes élégamment vêtus, tourbillonnant sur le parquet ciré.

Les bijoux jetaient des éclairs tandis que la musique s'élevait vertigineusement.

Camilla dansa par devoir, par plaisir, et par amour pour son père.

— Je vous ai vu, toi et maman.

— Ah ?

— Je vous ai vu danser une minute plus tôt. Et je me suis dit : « Regarde-les ».

Elle pressa sa joue contre celle de son père.

— Comment ne pas vous regarder ? ajouta-t-elle. Vous êtes si beaux, tous les deux !

— T'ai-je déjà raconté notre première rencontre ?

Camilla renversa la tête dans un rire.

— Mille fois. Mais raconte-la moi encore.

— C'était son seizième anniversaire. Un bal semblable à celui-ci. Elle portait une robe vert pâle, assez semblable à la tienne. Avec cette cascade d'étoffe qui donne aux femmes l'air d'être des créatures féeriques. Avec des diamants dans ses cheveux, comme toi ce soir. Je suis tombé amoureux d'elle au premier coup d'œil, et je ne l'ai pas revue pendant dix ans. C'était la créature la plus exquise sur laquelle j'avais jamais posé les yeux.

Il regarda sa fille.

— Et à présent, je danse avec la seconde créature la plus exquise que je connaisse.

— Papa...

Elle retira sa main de son épaule et lui caressa le visage.

— Je t'aime tant... Je suis désolée de t'avoir mis en colère.

— Je n'étais pas en colère, mon bébé. Inquiet, mais pas en colère. Maintenant, si ce nigaud avec qui tu étais…

— Papa !

Voyant une lueur sombre s'allumer au fond de ses prunelles, il planta son regard dans le sien.

— J'ai une chose à te dire. Il a du potentiel.

— Tu ne le connais pas vraiment…

Elle s'interrompit et plissa les yeux d'un air suspicieux.

— C'est un piège ?

— J'ai longtemps redouté qu'un joli garçon, beau parleur, ne t'enlève avant que tu n'aies eu le temps de te rendre compte qu'il s'agissait d'un crétin. Eh bien, il est difficile de qualifier Caine de beau parleur ou de joli garçon.

— Non, en effet.

— Et comme tu t'es déjà rendu compte que c'était un crétin, tu es tirée d'affaire, ajouta-t-il en la faisant rire. Je veux ton bonheur, Camilla. Plus que te garder pour moi seul.

— Tu vas me faire pleurer.

— Non, tu ne pleureras pas.

Il l'attira plus près de lui.

— Tu es d'une autre étoffe.

— Je l'aime, papa.

— Je sais.

Le regard de Reeve croisa celui de Del parmi la foule de danseurs.

— Ce pauvre garçon n'a vraiment pas de veine. Va le chercher, ma chérie. Et s'il rechigne, viens me le dire. J'aurai ainsi une bonne raison de lui botter l'arrière-train.

— Réfléchis bien, Delaney.

— A quoi ?

Alice prit le verre de vin qu'il avait été lui chercher.

190

— A la chose suivante : vas-tu snober Camilla toute la soirée, ou vas-tu lui demander une danse ?

— Depuis l'ouverture du bal, elle ne s'est pas arrêtée de danser plus de deux minutes.

— Ça fait partie de ses obligations. T'imagines-tu qu'elle est ravie de danser avec ce jeune type aux dents de lapin qui lui écrase les pieds ? Allez, va la trouver.

— Si tu crois que je vais me battre avec la moitié de ses prétendants...

— Arrête de faire l'idiot ! coupa Alice. Allons, dépêche-toi. Une minute de plus avec cet individu, et elle va boiter pour le restant de ses jours.

— Bon, bon...

Présenté ainsi, c'était lui qui faisait une faveur à Camilla. Comme s'il volait à son secours, songea-t-il, quand il vit distinctement son visage grimacer de douleur, alors que son partenaire lui marchait sur les pieds.

Se sentant de plus en plus héroïque à chaque foulée, Del fendit la foule de danseurs. Il tapota sur l'épaule de l'homme et prit sa place avec une telle aisance qu'il en fut lui-même surpris.

— Je vous emprunte votre partenaire.

Il fit tournoyer Camilla et l'entraîna au loin avant que le jeune homme puisse faire autre chose que de bégayer d'un air stupide, en les regardant s'éloigner.

— Ce n'est pas très poli.

— Oui, mais efficace. Comment vont tes pieds ?

Ses lèvres se pincèrent.

— A part un ou deux orteils brisés, ça peut aller, merci. Mais vous dansez à merveille, lord Delaney !

— Oh, tout le mérite vous en revient, madame. Quoi qu'il en soit, je ne peux pas être pire que votre partenaire précédent. J'ai jugé bon d'intervenir.

— Et de voler au secours de la demoiselle en détresse ?

Elle fronça les sourcils.

— Deux fois en l'espace d'une vie ! Prenez garde, cela va devenir une habitude. Vous m'avez demandé cinq minutes en tête à tête — il y deux heures de cela. Auriez-vous changé d'avis, entre-temps ?

— Non.

Mais le but de ce tête-à-tête ne lui apparaissait plus aussi clairement. Pas quand il la tenait de nouveau dans ses bras, en tout cas.

— Je voulais te… parler du projet. Des financements.

— Ah...

La déception noua le ventre de Camilla.

— Si c'est au sujet du travail, je vais voir si Marian peut te trouver un moment, demain matin.

— Camilla, je voulais te remercier.

Elle se radoucit.

— De rien. Le projet me tient aussi à cœur, tu le sais.

— Je pense que je le sais, maintenant.

S'il tournait la tête, l'inclinait légèrement, sa bouche rencontrerait la sienne. Il désirait plus que tout au monde goûter de nouveau la saveur de ses lèvres. Même si c'était pour la dernière fois.

— Camilla…

— La danse est finie.

Mais son regard resta noué au sien, et sa voix était rauque.

— Il faut que tu me laisses, à présent.

Il le savait. Il le savait parfaitement… Mais il ne pouvait s'exécuter tout de suite.

— Il faut que je te parle.

— Pas ici. Au nom du ciel, si tu ne me laisses pas partir, dès demain, tu auras ton nom dans tous les journaux.

Elle sourit en prononçant ces mots.

— Je m'en fiche ! répliqua-t-il.

— Evidemment, tu ne sais pas ce que c'est. S'il te plaît, recule-toi. Si tu veux parler, allons sur la terrasse.

Lorsqu'il relâcha son étreinte, elle s'écarta doucement de lui, puis parla distinctement, d'une voix affable, à l'intention des oreilles curieuses.

— Il fait chaud. Je me demande, lord Delaney, si vous seriez prêt à m'accompagner dehors ? J'apprécierais beaucoup une coupe de champagne, par la même occasion.

— Bien sûr.

Elle glissa son bras sous le sien.

— Mes frères m'ont appris que vous étiez un excellent cavalier. J'espère que vous pourrez encore profiter du haras pendant le reste de votre séjour.

Il attrapa au vol une flûte sur un plateau en argent et la lui offrit tandis qu'elle poursuivait son babillage.

— Vous montez à cheval, madame ?

— Certainement.

Elle avala une gorgée du liquide ambré, se dirigeant vers les portes grandes ouvertes de la terrasse.

— Mon père élève des chevaux dans sa ferme. Je monte à cheval depuis ma plus tendre enfance.

D'autres invités avaient eu la même idée qu'eux. Avant que Camilla ait pu rejoindre la balustrade, Del la tira par le bras, le champagne éclaboussant les parois de son verre, pour l'entraîner sans ménagement vers le large escalier de pierre.

— Moins vite, dit-elle en s'arrêtant. Je ne peux pas dévaler cet escalier. Je vais me rompre le cou.

Il prit sa coupe, puis attendit fébrilement qu'elle ait relevé les volutes soyeuses de sa robe avec sa main libre. En bas, il déposa son verre à peine entamé sur la table la plus proche, puis l'entraîna à sa suite dans les jardins.

— Arrête de me tirer comme ça ! lança-t-elle. Les gens vont…

— Oh, montre-toi un peu plus décontractée !

Elle grinça des dents, tout en luttant pour conserver un semblant de dignité.

— Crois-tu qu'il est si facile de se montrer « décontractée », quand on sait que demain, les commères du monde entier vont chuchoter ton nom ? Quoi qu'il en soit, je porte des talons de trois centimètres et des mètres de taffetas. Alors, ralentis un peu...

— Je n'écoute jamais les ragots, donc je ne risque pas de les entendre cancaner sur mon dos. Et si je ralentis l'allure, quelqu'un va jaillir d'un bosquet pour t'accaparer et ne plus te lâcher. Je te demande juste cinq minutes.

La réplique qui monta aux lèvres de Camilla s'évanouit avant même de les avoir franchi.

Des lampadaires rutilants projetaient leur faisceau lumineux sur le chemin baigné par le clair de lune. Elle pouvait sentir le caractère profondément romantique de cette nuit, avec les fragrances mêlées de jasmin et de rose, le doux ressac de la mer... et le martèlement de son propre cœur.

Son amant voulait se retrouver seul avec elle.

Il ne s'arrêta que lorsque la musique ne fut plus qu'un lointain murmure.

— Camilla...

Elle retint sa respiration.

— Delaney...

— Je voulais...

Elle portait les rayons de lune comme une parure de perles, songea-t-il, trop ébloui pour s'étonner du tour poétique que prenaient ses pensées. Sa peau brillait. Ses yeux étincelaient. Les diamants flamboyaient dans ses cheveux, lui rappelant que le feu couvait derrière cette façade élégante et raffinée.

Il refit une tentative.

— Je voulais m'excuser... te dire...

Elle n'aurait su dire qui avait fait le premier pas. Mais cela avait-il de l'importance ? Car ils étaient désormais dans les bras l'un de l'autre.

194

Leurs bouches se rencontrèrent, une fois, deux fois. Frénétiquement. Puis une troisième fois, pour s'explorer longuement, profondément.

— Tu m'as manqué...

Il l'attira plus près de lui, son bassin ondulant contre le sien lorsqu'elle fut enchaînée à lui.

— Mon Dieu, que tu m'as manqué...

Les mots semblaient se répandre en elle.

— Je ne pensais jamais te revoir.

Il tourna la tête et fit courir une pluie de baisers sur son visage.

— Je n'avais pas prévu de te revoir.

— C'est moi qui n'avais pas prévu de te revoir, dit-elle dans un rire. Oh, j'étais si en colère contre toi quand j'ai reçu cette lettre si impersonnelle et si froide : « L'équipe du projet de recherche Bardville tient à vous exprimer ses plus sincères remerciements. » J'aurais pu te tuer, pour une formule pareille !

— Tu aurais dû voir le premier brouillon.

Il s'écarta d'elle légèrement et lui sourit.

— C'était beaucoup moins enrobé, mais le sens était le même.

— J'aurais probablement préféré ça.

Elle jeta ses bras autour de son cou.

— Oh, je suis si heureuse ! J'essayais de m'imaginer la vie sans toi. Maintenant, ce n'est plus la peine. Une fois que nous serons mariés, tu m'apprendras à lire un de ces comptes-rendus de laboratoire, avec tous ces symboles. Je ne pourrais jamais...

Elle n'acheva pas sa phrase, car il s'était figé. Après avoir frôlé les cimes du bonheur, elle retomba sur terre brutalement, dans une secousse douloureuse.

— Tu ne m'aimes pas.

Sa voix était tranquille, d'un calme presque olympien, tandis qu'elle se dégageait de son emprise.

— Tu ne veux pas m'épouser.

— N'allons pas si vite, d'accord ? Le mariage…

Il s'étrangla sur ce mot.

— Soyons raisonnable, Camilla.

— Bien sûr. Nous le serons.

A présent, son ton était d'une douceur terrifiante.

— Pourquoi restes-tu ?

— Il y a… il y a des obstacles, commença-t-il, s'efforçant frénétiquement de remettre de l'ordre dans ses idées.

— Très bien. Je t'écoute.

Elle croisa les bras.

— Obstacle numéro un ?

— Ça suffit… Arrête ce petit jeu.

Il marcha à pas comptés le long du chemin, puis revint.

— J'exerce un métier prenant, qui me laisse peu de temps libre.

— Oui, et alors ?

— Quand je suis sur un chantier, je vis généralement dans un mobil-home. Le chalet, en comparaison, a l'air d'un hôtel cinq étoiles.

— Et alors ?

Il faillit perdre patience, mais ravala sa colère à la dernière seconde.

— Tu ne peux pas rester là, comme ça, avec cette couronne sur la tête et le palais derrière toi, et me dire que tu ne vois pas où est le problème.

— Donc, l'obstacle numéro un tient à nos obligations et modes de vie différents.

— En résumé, oui. Sans mentionner les diadèmes, les pantoufles de vair, et tout le tralala qui va avec.

— Des pantoufles de vair ? C'est comme ça que tu me vois ? Et tu vois ma vie comme une succession ininterrompue de bals, une chevauchée fantastique à bord d'une citrouille ? Je ne joue pas moins un rôle important, dans mes pantoufles de vair que toi dans tes bottes de travail !

— Ce n'est pas ce que je voulais dire... C'est tout le problème.

Il desserra sa cravate et l'enleva.

— Ce que je voulais dire, c'est que je ne peux pas me déguiser en pingouin chaque fois que je débarque ici parce que tu as des obligations mondaines à remplir. Et moi, je ne te demande pas d'abandonner tes diamants pour vivre dans un campement au milieu de nulle part. Ce serait ridicule. Cela ne marcherait jamais...

— C'est là que tu te trompes. Mon père était un policier qui voulait devenir fermier. Et qui aspirait plus que tout à mener une vie paisible, et à cultiver sa terre. Ma mère était — et elle l'est toujours — une princesse. Lorsqu'ils se sont rencontrés, elle était la maîtresse des lieux. A la mort de sa mère, elle a dû endosser les responsabilités d'hôtesse, d'ambassadrice et de souveraine de ce pays. Mais tu vois, ils s'aimaient, tous les deux : ils ont donc trouvé un moyen de se donner ce qui était important, en respectant les responsabilités et les obligations que chacun apportait avec lui, et de bâtir leur vie ensemble.

Le menton fièrement relevé, elle lui décocha un regard brûlant.

— Je suis fière d'eux. Et déterminée à m'élever à la hauteur de ma mère. Mais toi, avec tes pitoyables prétextes, tu n'arrives pas à la cheville de mon père. Il avait du courage, des tripes et de l'amour en lui ! Il ne se laisse pas intimider par une couronne, car, avant toute chose, il respecte et comprend la femme qui la porte.

Elle passa une main sur sa robe.

— J'aurais pu vivre dans ton mobil-home tout en restant une princesse. Mes devoirs à l'égard de mon rang n'auraient pas été négligés pour autant. C'est toi qui crains de ne plus être un homme en vivant dans un palais !

197

12.

Une chose lui déplaisait singulièrement : c'est qu'au fond, elle avait raison. Par-delà toutes les difficultés inhérentes à leurs modes d'existence respectifs, il était… intimidé. Ou plutôt, prudent, rectifia-t-il en arpentant les jardins comme il avait autrefois arpenté les forêts du Vermont. Comment ne pas l'être, dès lors qu'il était question de s'engager avec une princesse ?

Il avait prêté attention à la presse, pour une fois, au cours des semaines où ils avaient été séparés. Il avait vu son visage et son nom étalés partout. Il avait lu les histoires colportées sur sa vie privée et ses hypothétiques liaisons amoureuses.

Or il était bien placé pour savoir qu'elle n'avait pas eu de liaison torride avec ce jeune acteur français, comme le proclamaient les journaux. Elle était bien trop occupée pour cela avec un archéologue à moitié américain !

Et le problème résidait en partie là. Les insinuations, les affabulations, les mensonges fabriqués de toutes pièces étaient écrits, pour la plupart, par des gens qui ne la connaissaient pas. Qui ne comprenaient pas combien elle était désireuse de travailler dur, de se dévouer à la terre natale de sa mère et à sa famille.

Ils ne voyaient en elle qu'une image. Cette image qui l'avait aveuglé, lui aussi.

Mais bon sang, cette femme était passée si vite de la perspective d'une liaison à celle du mariage que cela lui avait fait l'effet d'un direct à la mâchoire !

Avec elle, c'est tout ou rien, songea-t-il sombrement, en plongeant ses mains dans les poches avant de passer en revue les données de la situation.

D'abord, il en était venu à la conclusion qu'il était amoureux d'elle, puis s'était rageusement focalisé sur le fait qu'elle lui avait menti. Et, avant qu'il ait pu rassembler ses esprits, elle avait déjà pris la poudre d'escampette. A sa demande, certes.

Et maintenant qu'il mesurait à quel point rien n'était possible entre eux, il avait fallu qu'elle se tienne là, devant lui, telle une créature échappée d'un rêve… pour mieux lui faire sentir ce qu'il allait perdre. Et juste au moment où il commençait à penser que peut-être, avec du temps et des efforts, ils pourraient faire marche arrière, elle lui jetait le mariage à la figure.

Ben voyons ! Un mois en Floride dans un mobil-home, avec en prime quelques orages tropicaux, de la vase jusqu'aux genoux, des punaises aussi grosses que des balles de base-ball, et elle…

… *elle serait fantastique*. Il s'arrêta net dans son évocation apocalyptique. Elle serait fantastique. Elle était ce genre de femme qui, dans n'importe quelle situation, trouvait toujours le moyen de se débrouiller. Elle réfléchissait, tâtonnait et finissait par trouver la solution.

Parce qu'elle était Camilla.

Il avait été séduit par cette dimension de sa personnalité. Avant de l'être par son physique, son style, et la flamme qui brûlait en elle. C'était cette volonté, cette détermination à trouver des réponses qui lui avaient fait perdre la tête.

Il voulait cette femme, et la princesse qui allait de pair. Il n'arrivait pas à la cheville de son père ? Il n'avait pas assez de « tripes », de « courage » et d'« amour » en lui ?

Il allait lui en donner, de l'amour… à tel point qu'elle valserait hors de ses pantoufles de vair.

Il pivota et fit irruption dans la salle de bal avant de s'arrêter net dans son élan. C'était précisément le genre de choses à ne pas faire, songea-t-il. S'il voulait avoir une chance pour que ça marche entre eux, il devait réfléchir avant de foncer tête baissée. Si un homme déboulait dans un palais et enlevait une princesse sur son dos, il déchaînerait les médias, ce qu'elle haïssait le plus… avant de finir vraisemblablement dans quelque obscur donjon humide.

En pareilles circonstances, ce qu'un homme devait faire, c'était imaginer un plan simple et rationnel — et le mettre ensuite à exécution.

Alors il retourna dans le jardin, s'assit sur un banc de marbre et commença à échafauder son plan.

Il dénicha une corde dans les écuries. Il y avait des moments où le fait d'être vicomte, il ne pouvait le nier, présentait certains avantages. Les palefreniers étaient bien trop polis pour sonder les motivations mystérieuses de Lord Delaney.

Il dut attendre patiemment que la dernière valse s'achève et que les invités aient regagné leurs lits, ou franchi les grilles du palais pour rentrer chez eux. Cela lui donna le temps de peaufiner l'opération dans ses moindres aspects — et de se demander ce que ses parents feraient si par hasard il se rompait le cou.

Il savait où se trouvait sa chambre. Il n'avait pas eu de mal à se renseigner auprès d'Adrienne. Et, par chance, ses fenêtres surplombaient les jardins qui recelaient de quantité d'endroits opportunément plongés dans l'ombre. Même s'il avait peu à craindre des gardes patrouillant dans cette partie du domaine.

Il jura comme un charretier quand il se lança dans le vide et heurta de plein fouet les murs de pierres blanches. Descendre en rappel avait paru dix fois plus simple en théorie qu'en pratique. Il excellait à ce genre de manœuvres sur des chantiers, mais descendre en pleine nuit le long d'une forteresse s'avérait une tout autre affaire… Il se balançait au bout d'une corde, les jointures crispées et les nerfs à vif.

L'altitude ne le dérangeait pas, sauf quand il commença à penser que la vision plongeante qui s'offrait à lui pourrait bien être la dernière de sa vie. Et tout ça, songea-t-il en tentant de trouver une prise, parce qu'une princesse avait malmené son ego.

Il n'aurait pas pu attendre le lendemain matin ? Oh non, se disait-il, tandis que son pied dérapait et qu'il repartait pour un tour de voltige. Cela aurait été trop facile, trop banal. Et trop raisonnable. Pourquoi avoir une conversation civilisée en plein jour pour dire à une femme qu'on l'aime et qu'on veut l'épouser, quand on a les moyens de faire quelque chose de vraiment *stupide,* comme de se suicider en s'écrasant au sol sous son nez ?

Cela avait nettement plus de panache !

Il parvint à reporter son poids sur la balustrade convoitée et recouvra sa respiration. Une rafale de vent déferla pour laisser place aussitôt à une de ces averses de septembre.

Parfait... C'était absolument parfait !

Il scruta le ciel.

Tandis que l'eau lui dégoulinait dans les yeux, il reprit sa descente, donnant un léger coup de pied contre le mur pour imprimer un élan à son corps, et se fraya un chemin jusqu'à la terrasse privée de Camilla.

Un éclair jaillit au-dessus de la mer au moment même où il touchait terre. Il batailla deux bonnes minutes avec le nœud détrempé de la corde enroulée autour de lui, avant de pouvoir s'en libérer. Puis il écarta les mèches de cheveux mouillés qui lui barraient les yeux et s'avança résolument vers les portes de sa terrasse.

Et là, il découvrit qu'elles étaient verrouillées.

Pendant quelques instants, il demeura immobile et désarçonné. Pourquoi diable fermait-elle les portes ? se demanda-t-il avec une irritation croissante. Elle habitait au troisième étage, et ce fichu palais était protégé par une foule de gardes…

En plus, elle avait tiré les rideaux, si bien qu'il ne voyait strictement rien. Il aurait pris le plus vif plaisir à défoncer ces portes.

Le geste aurait de l'allure, certes. Et même un certain panache. Nettement moins, toutefois, lorsque les alarmes se mettraient à hurler…

Il restait là, aussi piteux qu'un chat qui ne peut allonger la patte dans un trou de souris. Et le seul moyen de pénétrer à l'intérieur était de s'annoncer.

C'était mortifiant.

Alors il s'annonça en tambourinant sur sa porte.

A l'intérieur, Camilla utilisait le prétexte d'un livre pour ne pas dormir. Tous les quarts d'heure environ, elle lisait une phrase, et le reste du temps, son esprit revenait inlassablement sur un seul et unique fait.

Elle s'y était prise comme une sotte !

Inutile de se voiler la face. Lorsqu'elle repassait dans son esprit la grande scène finale, Del avait réagi exactement comme elle aurait dû s'y attendre. Elle était partie bille en tête en lui parlant mariage.

Elle se serait sentie insultée si l'inverse s'était produit.

L'amour rendait-il tout le monde stupide et maladroit ? Ou bien était-ce seulement son cas ?

Elle soupira, tourna une page sans y accorder beaucoup d'attention. Elle avait tout détruit. Oh, certes, lui aussi y avait contribué. C'était une telle… — quel était donc le terme que sa mère employait ? — *tête de mule*. Mais c'était à elle essentiellement que la faute incombait.

Elle n'avait pas été honnête avec lui, et les raisons qui l'avaient incitée à quitter le chalet lui semblaient pitoyables et égoïstes. Elle avait été si bouleversée par sa colère qu'elle avait préféré prendre ses jambes à son cou plutôt que de camper sur ses positions.

Comment avait-elle pu sombrer dans un tel apitoiement de soi, au point même de refuser l'évidence ? Quelles qu'aient été les pressions exercées sur lui, il n'aurait jamais entrepris le voyage pour Cordina s'il n'avait pas voulu la voir…

202

Même ce soir, il avait franchi un pas. Au lieu d'en franchir un à son tour, elle avait inconsidérément brûlé toutes les étapes. Elle avait tenu pour acquis qu'il capitulerait. Manifestement, elle était trop habituée à ce qu'il en soit ainsi avec les autres. N'était-ce pas, du reste, une des raisons qui l'avaient poussée à quitter quelque temps son rôle de princesse ? Et n'avait-elle rien retiré de ces semaines où elle avait pu être tout simplement Camilla ?

Elle ferma les yeux.

Ce n'était pas seulement le mariage qui avait fait reculer Del. Mais aussi tout le reste : sa famille, son lignage, son rang. Or, à cela, elle ne pouvait rien changer.

Pourtant, elle n'aurait pas voulu d'un homme qui aurait sous-estimé les difficultés liées à ses fonctions. Elle n'aurait pas voulu d'un homme qui se serait réjoui d'être le point de mire des médias.

Et où tout cela la menait-elle ? A rester seule, songea-t-elle, entre les quatre murs de sa jolie chambre. Parce qu'elle avait effrayé le seul homme qu'elle aimait en voulant précipiter les choses.

Elle referma son livre. *Non*. Elle ne pouvait pas accepter cela. Admettre la défaite était ce qui l'avait conduite à s'enfuir du chalet. Elle n'allait pas de nouveau baisser les bras. Il devait y avoir une solution. Elle chercherait. Ou plutôt, ils chercheraient ensemble…

Elle repoussa alors les couvertures. Elle irait le retrouver dans sa chambre. Elle s'excuserait d'avoir prononcé certaines paroles et… lui demanderait s'il existait un moyen de reprendre les choses au début.

Avant qu'elle soit sortie de son lit, elle entendit des coups martelés sur les portes de la terrasse. Elle saisit sur sa table de nuit le chandelier géorgien en argent et s'apprêta à contacter le service de sécurité.

— Ouvre-moi, bon sang !

Elle entendit une voix, puis un violent coup de tonnerre. Sidérée, agrippant toujours son arme de fortune, elle s'approcha et écarta les rideaux.

Elle le vit dans un éclair, le visage déformé par la colère, les cheveux ruisselants, la chemise de smoking détrempée. Et elle le regarda bouche bée.

— Ouvre-moi, bon sang ! répéta-t-il plus fort. Ou bien je défonce tout !

Trop abasourdie pour ne pas obtempérer, elle mania maladroitement le verrou, puis recula de trois pas lorsqu'il repoussa les battants de la porte.

— Que... ?

Ce fut le seul mot qu'elle parvint à dire.

— Tu voulais du romantisme, sœurette.

Il lui ôta le chandelier des mains et s'en débarrassa. Inutile de courir des risques supplémentaires. Il avait eu son compte pour cette nuit…

— Del, comment as-tu… Oh, mais tu saignes de la main…

— Tu voulais du courage, de l'aventure, non ?

Il la saisit aux épaules et la souleva sur la pointe des pieds.

— Alors qu'en dis-tu ?

— Tu es tout mouillé.

— Vous vous donnez un mal de chien pour descendre en rappel le long d'un palais, et voyez comment vous êtes accueilli !

— Tu es descendu en rappel ? Mais tu as perdu la tête ?

— Complètement. Et tu sais ce que le type gagne quand il perce les lignes ennemies ? Il gagne la princesse.

— Tu ne peux quand même pas…

Mais elle s'aperçut que rien ne pouvait l'arrêter.

Avant même qu'elle se soit remise du choc, il plaqua sa bouche sur la sienne.

Elle sentit une onde d'excitation la parcourir lorsqu'il l'emporta sur le lit. Il était trempé, couvert de sang et animé d'une glorieuse fureur, mais il était à elle. Elle noua ses bras autour de son cou, enfouit ses doigts dans cette merveilleuse masse de cheveux, et rendit les armes avec joie.

Le tonnerre rugit entre les portes grandes ouvertes. Elle s'écarta suffisamment de lui pour qu'il puisse se débarrasser de sa chemise. Celle-ci atterrit quelque part, au bas du lit.

Le sang de Del bouillait au contact de la jeune femme. Si douce, si odorante, si merveilleusement offerte... Son visage était humide, à présent, recueillant l'eau qui coulait de lui. Il aurait pu le lécher — la lécher tout entière — comme un chat lapant du lait.

Vaincu, il enfouit sa tête entre ses seins.

— J'ai besoin toi, bon sang ! Je ne peux pas me passer de toi.

— Alors prends-moi...

Sa respiration s'accéléra lorsqu'elle sentit ses mains courir sur elle.

Il releva la tête et la regarda.

Au fond de ses yeux assombris brillait une lueur mordorée. Et lorsqu'elle prit sa tête entre ses mains, elle sourit.

— Je t'ai attendu si longtemps, murmura-t-elle. Et je ne le savais même pas...

Elle attira sa bouche vers la sienne.

Tout ce qu'il ressentait pour elle, près d'elle, s'épanouit sous ce baiser. Elle grogna, et le tranquille ronronnement qui vibrait dans sa gorge se répercuta en lui, décuplant son rythme cardiaque.

Cette gorge longue et blanche le fascinait. La courbe ferme de ses épaules était pure merveille. Humide à présent, le fin tissu de sa chemise de nuit collait à sa peau d'une manière suggestive. Il dirigea ses lèvres vers la soie, puis les glissa en dessous, sur sa chair moite.

Elle remuait sous lui. Un gracieux cambrement, un frisson comme l'éclair. Doucement d'abord, s'imprégnant de sa saveur, il explora, et jouit du contact intime de sa peau. Lorsque la respiration de Camilla devint rauque, que ses yeux se fermèrent, il l'attira vers lui, l'incitant à s'agenouiller, puis mit le feu à ses sens. Il l'avait plongée dans un océan de sensations voluptueuses pour la projeter brutalement au cœur d'un désir frénétique, presque insoutenable. En transe, elle se perdait entre ses mains puissantes qui la rudoyaient. Se courbant, elle se soumit à cette bouche impérieuse qui exigeait la sienne.

Lorsque son désir culmina au niveau du sien, elle lui retira ses vêtements. Agenouillés sur le lit, ils s'étreignirent dans un corps à corps sauvage, leurs cœurs battant l'un contre l'autre.

Tandis qu'un éclair illuminait la pièce, leurs yeux se rencontrèrent et leurs regards se nouèrent. Au fond de ses prunelles, elle vit enfin ce qu'elle espérait tant y voir. Et ce fut elle qui donna le coup d'envoi, l'attira en elle, enroulant ses jambes autour de lui, pour qu'il s'enfonce profondément.

— *Je t'aime*, dit-elle en français et d'une voix claire, bien que son corps fût agité de soubresauts.

— Je t'aime. Et je ne peux rien contre ça.

Avant qu'il puisse répondre, elle recouvrit sa bouche avec la sienne. Le peu de sang-froid qui lui restait l'abandonna brutalement. Il fut pris d'une irrépressible frénésie. Sous ses assauts forcenés, elle rendait coup pour coup. Lorsqu'elle referma ses muscles intimes sur lui, dans un ultime sursaut de jouissance, il se gorgea de son cri. Et il s'abandonna.

— Camilla !

Il sentit ses doigts errer dans ses cheveux et n'aspira plus qu'à fermer ses yeux, à demeurer en elle pour le restant de ses jours.

Mais son regard vagabonda vers la terrasse — et la pluie inondant le sol et le tapis.

— Je n'ai pas pensé à refermer les portes... Nous frôlons l'inondation. Attends, j'y vais.

Tandis qu'il roulait sur le bord du lit, elle le regarda, alanguie. Puis elle bondit comme un ressort au moment où il s'apprêtait à traverser la pièce.

— Non, attends.

Elle sortit du lit et attrapa la robe de chambre posée sur le dossier arrondi du canapé.

206

— Quelqu'un peut nous voir, expliqua-t-elle avant d'aller elle-même, le vêtement pudiquement noué autour de sa taille, rabattre les fenêtres.

« Toujours maîtresse de soi, songea-t-il en la voyant tirer les rideaux. Y compris dans un moment pareil. » Une princesse n'avait pas le droit de se promener nue, même devant ses propres fenêtres. Et encore moins de laisser un homme y surgir dans le plus simple appareil.

— Je vais chercher des serviettes, dit-il.

Tandis qu'elle rejoignait la salle de bain attenante, il déplia le pantalon tout humide de son smoking. Il était fichu, estima-t-il, et serait moyennement agréable à porter. Mais s'ils devaient avoir une conversation, il voulait avoir quelque chose sur lui, outre son cœur en bandoulière…

Elle revint et, à quatre pattes, commença à éponger le sol. Cela le fit sourire, lui rappelant des souvenirs du chalet.

— Je ne dois pas être déconnectée des questions pratiques, Delaney.

— Je comprends.

— Vraiment ?

Elle se maudit en se sentant prise de l'envie subite de pleurer.

— Oui, répondit-il. J'admire la façon dont tu te débrouilles avec ces questions-là… tout en conservant ton allure princière.

Sa tête se releva doucement. Elle s'accroupit sur ses talons et le regarda d'un air interloqué. Il rentra ses mains dans les poches.

— Je t'admire, répéta-t-il. Je ne suis pas doué pour exprimer ce que je ressens. Bon sang, tu crois que je suis idiot ? Que je ne me rends pas compte que vous êtes obligés de jongler, toi et ta famille, pour être vous-mêmes et vous ménager un peu d'intimité ?

— Non.

Détournant le regard, elle roula un pan du tapis puis assécha le sol mis à nu.

— Non. Je crois que tu comprends autant que tu le peux. Peut-être davantage qu'un autre. Mais je crois que c'est à cause de cela, d'une certaine façon, que nous ne nous entendons pas.

— Pourquoi évites-tu de me regarder quand tu me parles ?

Luttant pour garder son calme, elle pinça les lèvres. Mais lorsqu'elle releva la tête, son regard était vide de toute expression.

— Cela m'est difficile. Excuse-moi un instant.

Elle se leva et, les épaules raides, remporta les serviettes dans la salle de bains.

— Les femmes ! marmonna Del. Elles mettent les hommes à rude épreuve !

Elle revint, se dirigea vers un petit meuble et en sortit une carafe.

— Je crois qu'un Brandy nous ferait du bien. J'ai eu tort, ce soir..., poursuivit-elle en remplissant deux verres minuscules. J'ai eu tort de te parler comme je l'ai fait. Je te présente mes excuses.

— Oh, arrête...

Il lui arracha presque des mains le verre de Brandy.

— Ne pourrais-tu pas au moins te montrer poli ?

— Pas quand tu te montres si stupide. Si j'étais venu chercher des excuses, tu l'aurais su.

Il s'éloigna, arpentant la pièce, et même s'il n'en avait pas vraiment envie, but une gorgée.

— Et si tu as tort, je te le ferai savoir.

Il rebroussa chemin, le visage crispé de colère.

— Tu m'as blessé.

Cela le rendait fou de devoir l'admettre.

— Je sais. Ce que je t'ai dit…

— Mais non. Ça m'agace, mais c'est tout.

Il passa une main dans ses cheveux.

— Tu m'as menti, Camilla. Ou du moins, tu m'as caché la vérité. Je commençais à compter sur toi. Pas pour faire le ménage, comprends-moi bien. Je commençais à penser à toi, *à nous*, d'une façon particulière. Et puis tout m'a explosé à la figure quand je t'ai entendue parler au téléphone.

— Je m'y suis mal prise. C'était égoïste de ma part. Je voulais m'accorder du temps — plus de temps — pour être moi-même. J'ai fui. Je me suis persuadée que ce n'était pas le cas, mais il s'agissait bien d'une fuite. L'été dernier, tout m'est apparu trop pesant, étouffant. Je ne pouvais plus…

— Etre toi-même.

— Oui, je ne pouvais plus être moi-même, reprit-elle calmement. Il s'est produit quelque chose, l'été dernier, avec la presse. Rien de dramatique, rien de pire que les années précédentes. Mais cela a fini par me ronger de l'intérieur. Je ne mangeais plus. Je dormais mal. Je n'arrivais pas à me concentrer sur mon travail. Je…

— Non, ne t'arrête pas. Raconte-moi.

— Quand cela s'est produit, reprit-elle prudemment, je pouvais m'entendre hurler intérieurement. Je savais que si je ne m'éloignais pas un moment, je ne me contenterais pas, la prochaine fois, de hurler en moi-même. J'avais peur de craquer et de plonger dans une sorte de dépression nerveuse.

— Camilla, pourquoi ne pas…

— Je sais, j'aurais dû en parler à mes parents. Ils auraient compris, m'auraient aidée et incitée à prendre du repos. Mais je ne pouvais pas me résoudre à avouer pareille faiblesse. Pauvre Camilla, à qui tous les privilèges avaient été accordés dans la vie, et qui, subitement, se sent trop faible, trop fragile pour assumer les responsabilités liées à son rang !

— Sottises…

Le terme la fit rire. Et lui donna la force de poursuivre.

— Ce n'était pas ce qu'il me semblait, à l'époque. J'étais désespérée. Je me perdais moi-même. Je ne sais pas si tu peux le comprendre, dans la mesure où toi, tu te connais intimement. Mais je me sentais pourchassée, traquée, et en même temps, si peu sûre de ce que j'étais au fond de moi… de ce que je voulais faire de ma vie, en dehors de mes fonctions officielles. Je n'avais aucune passion pour quoi que ce soit, et il y avait une sorte de vide en moi.

Il pouvait se représenter la situation — les pressions, les demandes incessantes — et les nerfs d'acier qu'elle devait avoir pour tenir son rang. Et le courage qu'il lui avait fallu pour rompre ses chaînes dorées afin de découvrir la femme qu'elle était.

— Alors, tu as filé dans une voiture de location pour te découvrir une passion ?

— Plus ou moins. Et j'ai trouvé, mais comme je viens de le dire, je m'y suis mal prise.

— Nous nous y sommes mal pris, rectifia-t-il. Je ne savais pas à qui j'avais affaire : je pensais que tu étais une riche épouse qui avait des ennuis. Quand j'ai appris ton identité, j'ai cru que tu avais voulu t'amuser avec moi en jouant à la princesse et au pauvre.

Elle blêmit en entendant ces mots.

— Cela n'a jamais…

— Je le sais, maintenant. *Je le sais.* J'éprouvais des sentiments pour toi que je n'avais jamais ressentis pour quelqu'un d'autre. Je m'étais préparé pour t'en parler — et quand je suis venu dans la cuisine, j'ai écouté ta conversation au téléphone.

— Avec Marian.

Les yeux clos, Camilla poussa un long soupir.

— Cela ne pouvait pas tomber plus mal, murmura-t-elle. Je suis encore surprise que tu ne m'aies pas jetée dehors.

— J'y ai pensé.

Il attendit que ses yeux se rouvrent et rencontrent les siens.

— C'était plus facile de ne rien faire et de m'apitoyer sur moi-même. J'ai mis du temps avant de comprendre ce que cela pouvait être pour toi. Les gens, la presse, le protocole...

— Ce n'est pas si horrible. Simplement, parfois, on ressent le besoin de…

— « Respirer », acheva-t-il à sa place.

— Oui.

Des larmes envahirent ses yeux.

— Arrête, Camilla. Je vais être incapable d'avoir un discours sensé si tu te mets à pleurer. Ecoute, je suis sincère. Coupe les vannes. Je n'ai jamais dit à une femme que je l'aimais, alors ne me le fais pas dire à une femme qui pleure comme une madeleine !

— Je ne pleure pas comme une madeleine !

Mais sa voix se brisa dans un sanglot. Elle ouvrit un tiroir, en sortit un mouchoir en dentelle et essuya ses larmes. Elle avait envie de sauter de joie, juste de sauter. Mais cette fois, elle sut se dominer.

— Allez, dis-le moi...

— Je vais y venir, mais attends. Tu n'es pas fragile, Camilla.

— Non, habituellement je ne le suis pas.

— « Le bijou de la couronne de Cordina »... J'ai rattrapé mon retard en parcourant quelques magazines, expliqua-t-il en sentant son regard peser sur lui. Un bijou doit avoir de la densité pour conserver son éclat. Et tu en as.

— C'est la chose la plus flatteuse que tu m'aies jamais dite.

— Parce que tu es habituée à ce que les hommes te disent que tu es belle. J'apprécie ta famille, en outre.

— Ma famille ?

— Oui. Ta mère est une femme remarquable. J'aime bien tes frères et tes cousins. Je n'ai pas encore bien déterminé qui est qui, mais je les aime bien. Et ta sœur est adorable.

Il marqua une pause.

— Tes oncles et tes tantes sont des gens intéressants. Dignes d'admiration. Je suppose que tu as pris beaucoup d'eux. J'ai eu quelques problèmes avec ton père. Mais j'imagine que si j'avais une fille, et qu'un type se comportait comme… Eh bien, il est logique qu'il veuille me botter les fesses pour avoir posé les mains sur sa fille !

— Il t'apprécie.

— Il aimerait surtout me faire rôtir à petit feu.

— Il pense que tu as du potentiel.

Del grogna, marcha de long en large, puis s'arrêta.

— Vraiment ?

— Oui. Evidemment, si tu me rends malheureuse, il pourra encore te préparer un bûcher. Mais je ne voudrais pas te mettre sous pression.

— Vous êtes une chic fille, princesse. Avec un esprit aiguisé et curieux. Je pourrais me passer de ce joli minois, mais pas du reste.

Il désigna le gros livre d'archéologie posé sur sa table de nuit.

— Toujours aussi passionnée par le sujet ?

— Oui. Je veux apprendre. J'aimerais sincèrement travailler avec toi.

— Je sais.

— Je trouve que c'est un travail fascinant. Pas seulement à cause de toi. Je veux d'abord apprendre pour moi. C'est quelque chose que je ressens très profondément. Quelque chose qui se situe au-delà de ce qui est attendu de moi. Je voulais me découvrir une passion, et grâce à toi, je l'ai trouvée. Je suis en train de prendre mes dispositions pour rejoindre en France le professeur Lesueur, sur un chantier.

— Oui, la période paléolithique... Lesueur est un bon professionnel. Et un bon professeur. Il a de la patience. Ce que je ne possède pas. Travailler avec lui serait probablement moins compliqué, mais ce serait dommage de manquer les développements du projet Bardville.

Elle prit une profonde inspiration.

— Est-ce une invitation à venir me joindre à vous ?

— Je pense changer de mobil-home. Celui que j'ai actuellement est un vieux machin. Je dois surveiller pas mal de travaux en laboratoire. A la limite, il serait plus pratique de louer une maison à proximité de l'université. Voire d'en acheter une...

Son cœur allait exploser de joie.

— Lorsque l'un de nous embrasse une carrière professionnelle, ou s'engage dans un projet personnel, ma famille accepte de réajuster sa charge officielle. Alors dis-m'en plus...

— Ecoute, il est probable que tu m'entendras râler chaque fois que je serai obligé de passer un beau costume... et que tu me balanceras mon titre à la figure, dit-il en s'avançant vers elle.

— Probable, en effet.

— Mais je mettrai du mien dans tes affaires et tu mettras du tien dans les miennes.

Elle ferma brièvement les yeux.

— Est-ce une demande en…

Il l'interrompit aussitôt en émettant un bruit aussi bref que dissuasif.

— Tu es belle...

Il releva son menton et prit son visage entre ses mains.

— Incroyablement belle. Tu sais, je me fiche que ton joli minois soit étalé partout dans les journaux. Je me fiche des bêtises qu'ils racontent. Ce genre de choses ne me touche pas. L'essentiel est de savoir qui nous sommes.

Les larmes s'étranglèrent dans sa gorge puis affluèrent à ses yeux. Rien n'aurait pu la convaincre davantage qu'il croyait en elle.

— Oh, Delaney...

— Je n'ai pas de bague à t'offrir aujourd'hui.

— Je me moque de ça.

— Moi pas. Je veux que tu portes ma bague.

— Si tu veux que je ne me remette pas à pleurer, tu ferais mieux de te dépêcher...

— Bien, bien. Essayez donc d'être un peu romantique avec une femme !

— J'ai eu mon compte de romantismè pour ce soir, avec ton expédition insensée le long des murs du palais. Merci quand même.

Il sourit.

— Je suis fou de toi. J'aime tout en toi, et particulièrement cette bouche ravissante.

— C'est gentil. Et je crois que je pourrais finalement supporter un brin de romantisme supplémentaire, si tu t'y prends bien.

— Je t'aime.

Il prit son visage entre ses mains. Cette fois, quand une larme coula sur sa joue, il ne réagit pas.

— Camilla, j'aime ce que tu es. J'aime ce que nous sommes ensemble. J'aime la femme qui passe un coup de serpillière dans ma cuisine et j'aime la femme avec qui j'ai dansé une valse ce soir.

Le bonheur la submergea.

— Les deux femmes en moi aiment tout en toi. Tu me rends heureuse.

— Epouse-moi. Fais ta vie avec moi. Ce ne sera pas toujours facile, tu ne risques pas de t'ennuyer !

— Je t'épouserai.

Elle approcha ses lèvres de sa joue.

— Je travaillerai avec toi. Je vivrai avec toi. Et je t'aimerai. Toujours..., murmura t-elle en effleurant l'autre joue avant d'unir ses lèvres aux siennes.

— Pars avec moi.

Il l'attira plus près de lui.

— Nous trouverons un moyen de partir ensemble. Je refuse de repartir sans toi.

— Oui, je m'en occuperai.

Elle resserra leur étreinte.

— Nous nous en occuperons.

— Je vais prendre des congés, aussi longtemps que nécessaire.

— Ne t'inquiète pas, assura-t-elle en songeant qu'elle avait tout devant elle : une passion, le bonheur et l'amour. Nous trouverons une solution.

Elle reposa sa tête sur son épaule, souriant en sentant ses lèvres errer sur ses cheveux.

Le nouveau visage
de la collection Or

◆

AMOURS D'AUJOURD'HUI

Afin de mieux exprimer sa modernité et de vous séduire encore davantage, votre collection Or a changé de couverture et de nom depuis le 1er mars 1995.

Rassurez-vous, les romans, eux, ne changent pas, et vous pourrez retrouver dans la collection **Amours d'Aujourd'hui** tous vos auteurs préférés.

Comme chaque mois, en effet, vous y attendent des héros d'aujourd'hui, aux prises avec des passions fortes et des situations difficiles...

**COLLECTION
AMOURS D'AUJOURD'HUI :**
Quand l'amour guérit des blessures de la vie...

Chère lectrice,

Vous nous êtes fidèle depuis longtemps?
Vous venez de faire notre connaissance?

C'est pour votre plaisir que nous avons
imaginé un rendez-vous chaque mois
avec vos auteurs préférés, vos
AUTEURS VEDETTE dans les
collections Azur et Horizon.

Les AUTEURS VEDETTE vous
donneront rendez-vous pour de
nouveaux livres vedette.

Pour les reconnaître, cherchez
l'étoile... Elle vous guidera!

Éditions Harlequin

HARLEQUIN

LE FORUM DES LECTEURS ET LECTRICES

CHERS(ES) LECTEURS ET LECTRICES,

VOUS NOUS ETES FIDÈLES DEPUIS LONGTEMPS?

VOUS VENEZ DE FAIRE NOTRE CONNAISSANCE?

SI VOUS AVEZ DES COMMENTAIRES, DES CRITIQUES À
FORMULER, DES SUGGESTIONS À OFFRIR, N'HÉSITEZ
PAS… ÉCRIVEZ-NOUS À:
      LES ENTERPRISES HARLEQUIN LTÉE.
      498 RUE ODILE
      FABREVILLE, LAVAL, QUÉBEC.
      H7R 5X1

C'EST AVEC VOS PRÉCIEUX COMMENTAIRES QUE NOUS
ALLONS POUVOIR MIEUX VOUS SERVIR.

DE PLUS, SI VOUS DÉSIREZ RECEVOIR UNE OU
PLUSIEURS DE VOS SÉRIES HARLEQUIN PRÉFÉRÉE(S)
À VOTRE DOMICILE, NE TARDEZ PAS À CONTACTER LE
SERVICE D'ABONNEMENT; EN APPELANT AU
(514) 875-4444 (RÉGION DE MONTRÉAL) OU 1-800-667-4444
(EXTÉRIEUR DE MONTRÉAL) OU TÉLÉCOPIEUR
(514) 523-4444 OU COURRIER ELECTRONIQUE:
AQCOURRIER@ABONNEMENT.QC.CA OU EN ÉCRIVANT À:
      ABONNEMENT QUÉBEC
      525 RUE LOUIS-PASTEUR
      BOUCHERVILLE, QUÉBEC
      J4B 8E7

MERCI, À L'AVANCE, DE VOTRE COOPÉRATION.

BONNE LECTURE.

HARLEQUIN.

VOTRE PASSEPORT POUR LE MONDE DE L'AMOUR.

COLLECTION HORIZON

Des histoires d'amour romantiques qui vous mènent au bout du monde!

Découvrez la passion et les vives émotions qu'apportent à la Collection Horizon des auteurs de renommée internationale!

Captivantes, voire irrésistibles, ces histoires d'amour vous iront assurément droit au coeur.

Surveillez nos trois nouveaux titres chaque mois!

HARLEQUIN

Lisez
Rouge
Passion
pour
rencontrer
L'HOMME
DU MOIS!

Chaque mois, vous rencontrerez un homme **très sexy**
dans la série Rouge Passion.

On peut distinguer les livres L'HOMME DU MOIS
parce qu'il y a un très bel homme sur la couverture! Et
dedans, vous trouverez des histoires écrites selon le
point de vue de l'homme et de la femme.

Les livres L'HOMME DU MOIS sont écrits par les plus
célèbres auteurs de Harlequin!

**Laissez-vous tenter avec L'HOMME DU MOIS par
une histoire d'amour sensuelle et provocante.
Une histoire chaque mois disponible en août là
où les romans Harlequin sont en vente!**

69 L'ASTROLOGIE EN DIRECT
TOUT AU LONG
DE L'ANNÉE.

(France métropolitaine uniquement)
Par téléphone 08.92.68.41.01
0,34 € la minute (Serveur SCESI).

Composé et édité par les
*éditions*Harlequin
Achevé d'imprimer en aoû 2004

BUSSIÈRE
GROUPE CPI

à Saint-Amand-Montrond (Cher)
Dépôt légal : septembre 2004
N° d'imprimeur : 43769 — N° d'éditeur : 10765

Imprimé en France